メディアワークス文庫

冬に咲く花のように生きたあなた

こがらし輪音

目　次

プロローグ　色付く世界

北風が身に染みる、蒼天の下。

その日も私は、不貞腐れた顔で公園のベンチに座っていた。日に日に強まる肌寒さの中、外に出て遊ぶ子どもはほとんどいない。その静けさが、私にとっては心地よかった。

手に持っているものは、スケッチブックと鉛筆。目に映った木や遊具や家なんかを、見たままに白紙の上に描き起こしていく。

絵を描くことが、特別好きなわけじゃない。これはただの暇潰しだ。これと言って親しい友人がいるわけでもなく、あちこち遊びに行ったり走り回ったりすることもできない私にとっては、これくらいしかすることがなかった。家にいると、家族がやたらと気を遣ってくるのも、私にとってはありがた迷惑みたいなものだった。

ポキン、と鉛筆の芯が折れ、私の集中が寸時途切れる。

それをきっかけとし、無心に走らせていた筆が、止まる。

「……何、やってんだろ、私」

鉛筆を横たえ、私は溜息を吐いた。

こんな絵をいくら描いたところで、何の意味もない。私より上手（うま）い絵を描ける人なんて、世界中に大勢いる。誰に見せるわけでもなければ、後世に残るわけでもない。絵を描く仕事に就くなんて、もってのほかだ。

鉛筆のストックはあったけど、その虚（むな）しさに気付いてしまうと、もう改めて描く気も起きなかった。無性にムシャクシャした私は、折れた鉛筆で風景画をデタラメに塗り潰し、公園を立ち去ろうとした。

その時、ようやく気付いた。ベンチに座る私の前に、一人の少女が立っていることに。

「ねえ、お姉ちゃん」

小学五年生の私よりも、更に年下の女の子だ。先ほどまで風景画を描いていた私を見ていたのか、その目はキラキラと輝いている。

「お姉ちゃんって、画家さんなの？」

――そんなわけ、ないじゃん。

先ほどまでの思考がフラッシュバックし、私の心がささくれ立つ。

私は即座に否定しようとしたが、自分の中のムシャクシャした気持ちが、その答えを喉元で方向転換させた。

「ふふ、その通りなのだよ。何を隠そう、私はすごい画家さんなのだ」

気まぐれの悪戯心（いたずらごころ）で、それ以上の意味はなかった。ただ、何も知らない少女を不服の捌け口にしている事実に、ちょっぴり心が痛んだけど。

　私の出任せに、少女はパァッと顔を輝かせ、刷り込みをされた雛のように私に懐いてきた。

「すごーい！　ねえねえ、すごい画家のお姉ちゃん、私の似顔絵も描いてよ！」

「えー……」

　はっきり言って、面倒臭い。いい加減、外にいるのも寒くなってきたし。

　私はあからさまに苦い表情をしたが、少女はすっかり描いてもらうつもりでいるようだ。白い息を盛んに吐き、うずうずしている。

「しょうがないなぁ。それじゃあ、特別にだぞ？」

　——適当に描いて、今日はもう帰ろう。

　画家であると宣言してしまった手前、描きたくないとも描けないとも言いにくい。それに、少女を騙した罪悪感も少しある。

　私はやむなくストックの鉛筆を取り出し、少女の顔をスケッチしていく。鉛筆を走らせる私の手捌きを見て、少女の表情が万華鏡のように変化する。

　数分で完成させた私は、ミシン目でページを切り取り、少女に手渡した。

「はい、描けたよ。どうぞ」

　私が差し出すと、少女はそれを隅から隅まで凝視した。

やっぱり、そんなに上手く描けなかったかな……と、内心ドキドキしながら反応を待つ私に、少女は頬を紅潮させ、似顔絵を大切そうに胸元に抱いた。

「ありがとう！　すごい画家のお姉ちゃん、私、これ一生の宝物にするよ！」

その時の少女の笑顔ときたら、寒い屋外にいることを忘れてしまうほどだった。

予想以上の少女の喜びように、私が言うべき言葉を見付けられずにいると、少女は白い息を盛んに吐きながら声を弾ませた。

「決めた！　私、お姉ちゃんみたいな、すごい画家さんになる！」

幼い子ども特有の、安直な夢物語。

きっとこの子は、今言った夢のことも忘れて、また違う夢を口にするのだろう。そうして何度も同じことを繰り返して、そのいずれの夢を叶えることもできないまま、大人になっていくのだろう。

だけど私は、少女のその言葉が純粋に嬉しかった。少女のその笑顔で、凍った心が解けるような気持ちになれた。

気付けば私は、少女につられて、優しく微笑んでいた。

「……君ならきっと、最高の画家さんになれるよ」

私がそう言うと、少女は子ども特有の不揃いな歯を見せ、まるで花開くように嬉しそうに笑った。

鉛筆で描いた落書きのように、味気ないモノクロの世界。
そんな私の世界に色が付いたのは、その日からだった。

1章　明日死んでもいいくらい

そんな幼い日の夢に、どっぷりと沈み込んでいたからかもしれない。

二十六歳の社会人となった私――赤月よすがは、寝惚け眼で時計を二度見した。

時刻は七時五十分。

会社の始業時間は八時半。

通勤時間は、およそ三十分。

「……噓ぉん」

諸々の計算を一瞬で終わらせ、私はかけ布団を弾き飛ばして起き上がった。

初冬の冷たい空気が肌を刺すが、今日はそんなことも気にならない。

「やばいやばい、遅刻遅刻……！」

目覚まし時計はオンになっている。熟睡しすぎて寝過ごしたのだ。布団が恋しい季節になると、たまにやらかしてしまうことだ。

朝食を食べている時間はない。洗顔と歯磨きとファンデーションのトライアスロンを済ませると、適当な服に着替え、手提げ鞄を引っ摑んで外に出た。口紅を塗る暇がなかったから、口元にはマスクを着けてある。

家を出たのは、およそ八時。始業にはギリギリ間に合わないだろう時間だ。それでも、全力ダッシュで駅に到着し、ホームで電車を待ちがてら缶コーヒーで一服している間に、私の心は大分落ち着いていた。

もちろん遅刻はよくないことだけど、だからと言って慌てて事故でも起こしたら元も子もない。五分や十分程度の遅刻で長々とどやされるほど、ウチの会社はブラック企業でもない。冷静になってみれば、午前中は大した仕事もないわけだし、電話連絡で半日有休にしてもよかったくらいだ。

『二番線、電車が通過します。危ないですので、黄色い点字ブロックの内側に――』

そう。大事なのは心の余裕、寛容。落ち着いて行動することが何よりも大切な――

「ん？」

視界の端に妙なものが映り、私は顔を上げた。

見れば、ホームの点字ブロックの外側で、マフラーに口元を埋めた一人の少女がどこか上の空な様子で歩いていた。制服と身長を見るに、女子中学生だろうか。嫌な予感がして目を離せないでいると、少女の向かいから一人の男性が、歩きスマホをしながら近付いてくる。

お互いの接近に気付かないまま、二人の肩が強く衝突する。

線路側を歩いていた少女の体が、大きく揺れる。

「あっ、危ないっ！」

私が叫ぶ暇もあればこそ、少女の体は宙に弧を描き、線路へと転げ落ちていった。

ぶつかった男性や、落ちた少女を見た人々は、呆然と立ち尽くしている。

反射的に電車の来る方を見る。警笛を鳴らし、今にもホームに滑り込もうとするタイミングだ。

私は冷静さと手提げ鞄を一緒くたにかなぐり捨て、一も二もなく線路に飛び込んだ。

眼前に迫り来る電車に恐怖と諦観を抱いたのか、落ちた少女は立ち上がろうとすらせず、その場にへたり込むばかり。

まるで命を諦めたようなその姿を見て、私の中で何かのスイッチが入った。

――まだ諦めちゃダメだよ、君！

私は彼女の襟と腰を摑み、力任せにホーム側に引っ張った。細身の女子とはいえ、中学生の体重はなかなかのものだが、火事場の馬鹿力というものだ。

ホーム下に設けられた退避スペースに少女を投げ込み、その勢いで私も飛び込む。これでもかと少女を壁に押し付け、私もまた壁にべったりと張り付いた。

数秒後、耳を劈く金属音と共に、凄まじい勢いで目の前を鉄の塊が通り過ぎて行った。

肌にチリチリとした熱を感じたのは、恐らく錯覚じゃない。

——あっぶねぇ、マジで死ぬかと思った！

退避スペースの存在は知っていたけど、実際に利用するのは初めてだ。もしこの駅にスペースが設けられていなかったらと思うと、私の背筋が今更のようにぞっと粟立つ。

誰かが非常停止ボタンを押してくれたようで、通過電車は途中で急停車した。頭上から、駅員と思しき男性の切迫した声が聞こえる。

「大丈夫ですか⁉」

「生きてます！　二人とも無事です！」

私が声を張り上げると、客のどよめきと駅員の安心したような答えがあった。

「電車は止まっています！　落ち着いて、ホーム端にゆっくりと移動してください！」

「分かりました！　行こう、お姉さんと一緒に」

私は少女の手を取り、ホームの端に向かって屈んだまま歩き始めた。

少女を安心させる意味も含め、私は歩きながら彼女に話しかけた。

「危ないところだったね。君、中学生？　怪我はない？」

「は、はい、戸張柊子って言います……あの、あなたは？」

「赤月よすが、平凡な会社員だよ。いやー、久々に寝坊したと思ったらこんなことになるなんて、人生は何が起こるか分かんないねぇ」

年寄りみたいな言葉遣いをする私を、柊子はじっと見つめてくる。

「赤月、よすがさん……ですか？」

「ん、あれ、どこかで会ったことあったっけ？」

女子中学生の知り合いなんていなかった気がするが。上司や取引先にも、〝戸張〟なんて苗字の人はいなかったと思うし。

私がそう訊き返すと、柊子は我に返ったように小刻みに首を振って答えた。

「いいえ、私もこんなこと初めてなので、ちょっとびっくりしちゃって。仕事もあるのに助けて頂いて、本当にありがとうございます」

「いいのいいの、無事だったんだから結果オーライってことで！　それに、仕事なんかより、君の命の方がよっぽど大事だよ！」

気を遣わせないよう笑顔でそう言うと、柊子は不思議そうに尋ねてきた。

「……でも、どうしてこんな危険な真似をしてまで、私のことを助けてくれたんですか？　一歩間違えれば、赤月さんの命が危なかったのに」

「んー、どうしてって言われてもなぁ」

反射的に体が動いたとしか言いようがない。非常ベルを押したところで、今回はきっと間に合わなかっただろうし。

ちょっとだけ考えてから、私は一番適切だと思う答えを返した。

「あのまま君を見過ごしていたら、きっと私は一生後悔していたから、かな」

柊子は目を瞬き、私のことをじっと見つめてくる。

「……たったそれだけ、ですか？」

「立派な理由だよ。私はいつだって、明日死んでも構わないって、そう思えるように生きたいんだ」

私は恥じることなく、胸を張って答えた。

柊子は再び俯き、歯切れ悪く呟く。

「……そう、ですか」

「ん、どうかした？」

柊子の呟きに、何か含みがあるような響きを感じ、私は何の気なしに尋ねてみた。

柊子は小さく首を振り、端的に答えた。

「いえ、大したことじゃないんですが……私と赤月さん、もしかしたら似た者同士なのかなって」

「本当に？　それなら、柊子ちゃんの人生も、きっといいものになるよ！」

私は明るく笑いながら、柊子の手を握る力を一層強める。

無言で頷く柊子の手は、死を疑似体験したためか、非常に冷たかった。

諸々の事後処理を終え、勤務先であるイベント企画会社に到着したのは、十時を少し回ったくらいの頃だった。

事情は電話で伝えてあったから、私の遅刻は咎められず、むしろ上司も同僚も心配してくれたくらいだった。結果的にとはいえ、子どもを救えた上に遅刻が帳消しになったのは、単純に嬉しい。

「ふんふんふーん」

鼻歌交じりにパソコンを操作する私を、同僚の蓮菜が横目で見てくる。

「よすが、事故に遭ったってのに、随分とご機嫌だね」

「まぁいろいろあってねー。いやはや、やっぱり人生って素晴らしいねぇ」

上機嫌で打鍵する私の答えに、蓮菜は呆れたように肩を竦めた。

「まーたいつもの癖が始まったよ。本当、よすがって毎日楽しそうだね」

「そりゃあ、つまらないより楽しい方がいいじゃん。だって楽しいんだから」

「お手本みたいなトートロジーだこと」

「えっ、蓮菜が大トロ奢ってくれるって？　いやぁ、今日はいいこと続きだなぁ」

「奢らないし！　っていうか、午後の打ち合わせの準備、ちゃんとできてるんだろうね！」

「へいへいボス、あとは印刷するだけだからご心配なくー」

軽口を叩きながらコピー機に印刷データを飛ばし、私は立ち上がった。

次々に刷られる資料を待つ私は、尚も浮かれた気分のままだ。

裏表のない、明るく元気な会社員。事あるごとにそんな評価をされがちな私だが、実は誰にも明かしていない秘密が一つだけある。

私は小学生の時から、代謝機能に関する病気を抱えている。アミノ酸や核酸といった代謝物質の生成に異常があり、いろんな種類の内服薬を処方されている。激しい運動や極端に偏った食事をしなければ普通に生活できるけど、代謝物質の必要量が増える成人になれば、いつ脳障害や神経障害を起こすか分からないと言われている。早い話が、人より寿命が短いということだ。

蓮菜を含め、会社の人はこの病気のことを知らない。小学校で病気のことを話した時、クラスのみんなから「かわいそう」という言葉を頻繁にかけられたことが、私の中でずっと引っかかっていた。嫌だったわけじゃないけど、納得ができなかった。今の私は、この病気のことを、とりわけ嫌悪しているわけではなかったから。

最初は確かに怖かった。どうしてよりによって私に、という憤慨も覚えた。でもそのうち、そんな風に怯えと怒りばかりの人生を送るのがバカらしく思えてしまった。いつ死ぬのか分からないなら、明日死んでもいいくらい毎日を充実させなければならないのだ。小学校時代、似顔絵を描いてあげたあの少女から、私はそう教えてもらった。

こんなことを考えてしまうのは、今日まさに電車に轢かれて死にかけたからだろう。

あんな風に命を張って誰かを守るなんて、この病気を患っていなければ、とてもできない芸当だった。

私は目を閉じ、これまでの人生の足跡を思い返す。

良いことずくめの人生ではなかったけど、私は充分満足している。新卒ではブラック気質の会社に入ってしまったけど、転職してこの会社に入り、新人ながら自分の企画を実現させた。プライベートでも、国内外問わず主要な都市は概ね網羅したし、オリンピックや万博といった祭典にも足を運べた。

いつ死んでも、悔いはない。たとえあの時、戸張柊子を救った私が代わりに電車に轢かれても、後悔はなかったことだろう。そう思えるように生きられたのは、きっと人として幸せなことだ。

「……あっ」

気付けば、資料の印刷はとっくに完了していた。私は頭を振り、仕事モードに思考を切り替える。

ステープル留めされたそれを流し読みし、私は蓬莱に一部差し出そうとする。

「お待たせー、今日の資料いっちょ上がり――」

おどけてそんな言葉を発した、その瞬間。

私の視界が、ぐらりと大きく揺れた。

「あ、れ」

立ちくらみのようなその感覚に、私は体勢を立て直そうとしたが、足に力が入らない。

私の体は、派手な音を立ててオフィスの床に転がった。

パネルマット素材の床とはいえ、受け身を取らずに倒れたらタダでは済まない。オフィス中の全社員が盛大な音を聞き付け、こちらに目を向けてくる。

「びっくりした、どうしたの⁉」

「おーい、大丈夫か？」

「ほーらもう、言わんこっちゃない、怪我したらどうするつもり――」

苦笑交じりに手を貸そうとした蓮菜の顔が、直後に引き攣った。

私の真っ青な顔と、荒い呼吸を目の当たりにし、大慌てで膝をつく。

「ようが⁉　ねぇ、あんた、どうしたの⁉」

息も絶え絶えになりながら、私は蓮菜に必死に訴えかけた。

「蓮菜……救急車、あと、私のポーチ……」

「ポーチ⁉　これ⁉」

蓮菜は私のポーチを引っ掴み、差し出してきた。そして、そのまま自分のスマホを取り出し、救急車の手配をする。

私は震える手でポーチの中を探り――あるはずの感触がないことに、ひどく狼狽した。

何度探ってみても、無い。大量に常備しているはずの内服薬が。

朦朧とする意識の中で、私は今朝方、ポーチを投げ捨てて戸張柊子を救出したことを思い出す。

——しまった……あの時、落として……。

騒然とするオフィスの中、私の意識は、そこで途絶えた。

真っ暗闇の世界にぽつりと浮き、私は緩慢に思考していた。

いつか来る時だという覚悟はあった。だから、こんな状況に陥っても、私の心は存外落ち着いていた。

もしかしたら今日、私が自分の足跡を回顧したのも、ただの偶然ではないのかもしれない。死期を察した私の体が、思い出を振り返るように仕向けてくれたのではないか、と。

——これまでありがとうね、私の体。

私の体は、よく頑張ってくれた。ワガママな私の指示に、文句一つ言わずに従ってくれた。今度は私が、この体を休ませてあげるべき時だ。

大丈夫。心残りはない。そう思えるように、これまで生きてきたから。

迫り来る眠気のままに、意識を手放そうとした私は。

――いや。

沸き立った気持ちに、僅かながら意識が覚醒するのを感じた。

――一つだけ……心残りが、まだあるかもしれない。

仕事がどうとか、プライベートがどうとか、そういう話ではない。ずっとずっと昔から持っていた、それでいて当たり前すぎて忘れてしまっていた、私の大事な気持ち。

自分の心を念入りに探り、その〝気持ち〟に指先が触れた、次の瞬間。

私の視界に、突如として眩い光が差した。

＊　＊　＊　＊　＊

冷たい風を顔に感じ、私は目を覚ました。

死後の世界にも光や風が存在するんだろうか、という私のささやかな疑問は、すぐに目の前の異常事態が消し飛ばしてしまった。

「え？」

私は開かれた窓の前に立ち、桟に手をついていた。そこから見える夕暮れ時の景色は、明らかに私の会社のものではなく、どこか別の施設のもののようだ。高さはおよそ十メートルといったところか。

眼下のアスファルトの距離感に肝を冷やしつつ、うっかり落ちないよう身を引く。踵(かかと)に何かが引っかかって転びかけ、私は慌てて体勢を立て直した。見ればそれは、白く小さな上履きだった。自分が靴下を穿(は)いているところを見ると、たまたま脱げてしまったようだが、こんなものは社会人になってからは、とんと縁のない代物だ。

搬送先の病院で穿かされたのだろうか、と窓に背を向けた私は——続いて飛び込んできた光景に、言葉を失った。

そこは病院ではなく、どこかの学校の教室だった。机と椅子の数や、教室の雰囲気から察するに、中学校か高校だろうか。教室には私以外に誰もおらず、ただ夕陽(ゆうひ)が一面を紅に染め上げているだけ。

これがいわゆる走馬燈(そうまとう)というものか——という考えは、すぐに雲散霧消した。備品も設備も壁も床も、新しく清潔で、私が通っていた小汚い公立学校とは雲泥の差だ。窓から見える風景も、私の記憶にあるものは、もっとのどかな田園風景だったはずだ。

「……え?」

——ヤバいじゃん。夢遊病で学校に不法侵入とか、完全にアウトなヤツじゃん。

ここまで病状が深刻だとは思っていなかった。せっかく満足したまま人生に幕を下ろせると思ったのに、こんなニュースが全国区に流されてしまったら、有終の美がどうとかいう話ではなくなってしまう。

　慌てて学校から出ようとした私は――折悪(あ)しく、学校の生徒と思しき制服の少女と、ばったりと出くわしてしまった。

「あれ……」

　制服の少女に怪訝(けげん)な顔をされ、私は彼女が何か言う前に口火を切り、凄まじい勢いで捲(まく)し立(た)てた。

「ち、違うの！　違うんです！　私、気付いたらここにいて、本当に何も……」

「び、びっくりしたー、てっきりもうみんな帰ったものかと思ってたよ」

「そりゃ私だってびっくりだよ！　いきなりこんな場所に――え？」

　そこで私は、少女の反応が思ったものと違ったことに気付き、振り回していた両手を奇妙な形で停止させた。

　少女は私にロクに構おうともせず、早足で私の脇を通り過ぎていく。

「戸張さんも忘れ物？　気を付けなきゃダメだよ、淡河(おうが)さんに知られたら何言われるか分かったものじゃ……あっ、変な意味じゃないからね！」

「あ、うん……うん？」

　私の頭の整理が付かない間に、女子生徒はテキパキと忘れ物を回収し、鞄に詰めて戻ってくる。

　そして、教室の入り口で別れの挨拶を一言述べ、足早に立ち去って行った。

「じゃあ、また明日ね、戸張さん！」

結局、私を咎める言葉は一言としてなかった。しかし、私はそのことを、素直に喜ぶ気にはとてもなれなかった。

――また、明日？　戸張……さん？

私の背中を、嫌な予感が伝う。

私は大慌てでトイレに駆け込んで、鏡の前に立ち――絶句した。

そこにいたのは、入院服を着た二十六歳の私ではなく、可愛らしい制服を着た少女だった。後ろで二つ結びにした髪や、薄く化粧がされた童顔は、どう見ても若かりし頃の私のものではない。

これは紛れもなく――今日、電車に轢かれかけた、戸張柊子という少女の顔だ。

右手を上げてみる。首を傾げてみる。

鏡の中の戸張柊子も、全く同じように動く。

もはや疑う余地もなくなった私は、鼻先が付きそうなほど鏡を凝視し、自分自身に向かって絶叫した。

「何でぇぇぇぇぇぇ！？！？」

2章　中学生が分からない

女子中学生の〝戸張柊子〟の体に乗り移ってしまった私は、暫し呆然としていたが、やがてこれがただの夢ではないことを察し、大慌てで動き始めた。

〝赤月よすが〟の親族と偽って職場に連絡を取ると、かかり付けの病院に搬送されたことが分かった。続いて病院に電話し、私の体が入院中である旨を確認。スマホのマップで現在位置を確かめると、病院と私のいる学校はそう離れていないことが分かった。

短距離ランナーもかくやと歩道を爆走する私に、通りすがりの人々が驚いて目を瞬く。あっという間に病院に辿り着き、私は息せき切って病室を問い合わせた。この寒い季節にも拘わらず汗だくの私を見て、受付の人は怪訝な顔をしていたが、私は構うことなく教えられた病室に向かって駆け出した。

私が病室に飛び込むと、私の体は半身を起こして窓の外を眺めていた。

ドアを開ける音で振り返った赤月よすがと、わたしの視線が交差する。

「あ、あなたは……」

「いたーっ！　わたしーっ！」

　自分の体が無事であることに安堵し、大声を上げると、私の体に入った何者かは迷惑そうに顔を顰めて言った。

「静かにしてください……ここ、病院ですよ」

「いや、私が落ち着きすぎだし！」

　ドアを雑に閉じた私は、病床にいる自分の体をペタペタと無遠慮に触り、頭上に無限の疑問符を浮かべながら言った。

「何なのこれ、一体何がどうなっちゃってるの⁉　私は誰⁉　あなたも誰⁉　そしてここはどこ⁉」

「だからここは病院ですって……とにかく、落ち着いて状況を整理しましょう。あと私の顔ムニムニするのやめてください」

「いや私の顔だから！」

　ややこしいやり取りを交わしながらも、私はベッド脇の椅子に座り、お互いの情報を交換した。

　現在私の体に入っているのは、やはり電車で轢かれかけた〝戸張柊子〟という少女の人格で、私が今入っている体の本来の持ち主とのこと。私立雲雀島女子中学校の一年生であり、園芸部に所属。教室でぼんやりしている時にふと眠気に見舞われ、気付けば私の体に乗り移っていたらしい。

目覚めたのはつい一時間ほど前で、医師の簡単な診察の後、入院による継続治療を告げられたとのこと。突然のことで何が何だか分からなかったものの、下手に何か喋ったり動いたりするより、その場に留まった方が安全だと柊子は判断したそうだ。

どういう原理か想像も及ばないが、『私と柊子の精神が完全に入れ替わってしまった』という事実だけは、疑う余地がないようだ。

私は立ち上がり、病室内の鏡をしげしげと眺めるが、当然ながら私の面影は微塵も感じられない。体を動かしているのは間違いなく私なのに、何だか凄まじい違和感だ。

「信じられないことだけど、信じるしかないみたいだね……でも、柊子ちゃんがパニックを起こして飛び出したりしなくてよかった。入れ違いになってたら、最悪一晩中路頭に迷ってたかもしれないし」

「あなたが落ち着かなさすぎなんですよ……とにかく、今度はあなたが自分のことを教える番ですよ。何で病院にいるんですか？」

呆れたような柊子に問われるまま、私は素直に身分を明かす。

名前、年齢、所属に続き、病気で余命があまり長くないことを伝えると、柊子は私の腕を持ち上げ、しげしげと眺めた。

「……そうですか。今のところ、あまりそんな感じはしないですね」

余命の件で少しは取り乱されるかと思ったが、柊子は冷静だった。突然のことで現実を受け入れきれていないだけかもしれないが、私も彼女の胆力を見習わなければ。

それにしても、てっきり私の本体は死に瀕していたとばかり思っていたから、少し意外だった。今朝の突発的なバタつきのせいで、発作みたいになったのかもしれない。もちろん、重症化していないのは喜ばしいことだけど。

「まあ、油断はできないけど、今はそんなに深刻な容態じゃないみたいだね。ここにいれば具合が悪くなってもすぐ診てもらえるし、安心していいと思うよ。ただ気になるのは、この入れ替わり現象――」

「ん？」

「――が、いつ戻るかってことだけど、多分それほど長続きはしないと思う、よ」

私は言おうとした言葉を、直前で方向転換させた。

本当は、『入れ替わり現象が戻る前に、私の肉体が死んでしまうことが不安だ』と言うつもりだった。仮にも中学生相手に、そんな縁起でもない仮定を聞かせられない。そうなった場合、私の肉体ごと柊子の精神が死ぬ可能性もあるわけだし。

疑念の目を向ける柊子の視線をかわすように、私は手を打って話題を変えた。

「あなた……いや、私？　あーもー、ややこしい……とにかく私達って、『今朝電車に轢かれかけた』っていう共通点があるわけだけど、それ以外の接点って、何か思い浮かんだりする？」

柊子は何事か考え込むように黙して俯くと、静かに首を横に振った。

「……何もないですよ。よすがさんと話をしたのだって、今朝が初めてのはずですし、こんなことになる前兆も全然感じませんでした」

「そっかー、まぁそうだよね。うーん、弱ったな。どうしたらいいんだろう……」

何かしらの接点があれば、解決の手がかりになるかもしれないと思ったけど、そうは問屋が卸さない。そもそも、私と柊子は倍近い年齢差があるわけだし。

頭を抱えて苦悶する私に、柊子は溜息交じりに提案した。

「とりあえず、しばらくはお互いに入れ替わったまま、生活するしかないんじゃないですか？　誰かに相談して解決するようなことでもなさそうですし」

「まあ、そうなるよねぇ。でも、私の体は入院してるから別に構わないんだけど、柊子ちゃんは学校に通ってるからなぁ……中学生になりすますなんて、できるのかな」

社会人としていろいろな経験をしてきた自負はあるが、流石に中学生の演技というのはやったことがない。中学時代の記憶も、今となっては曖昧だ。

二の足を踏む私に、柊子はきっぱりと結論付けた。

「できなくても、やるしかないでしょう。そんな心配しなくても、よすがさんがよっぽど変なことをしない限り、何も起きないですよ。園芸部も冬の間は活動休止中ですから」

あくまで客観的な見方で発言する柊子を、私は尊敬の目で見つめる。

「……柊子ちゃん、ずいぶん落ち着いてるんだね。なんか私の方が子どもみたい」

「子どもじゃないですか、実際」

「あはは、それもそうだ」

中学生に諭されるようでは、まだまだだ。肉体につられて精神まで退行してしまったのかもしれない。

私は一介の中学生として生きる覚悟を決め、戸張柊子の住所や家族構成などの詳細な情報を聞き出した。明日の宿題や授業の持ち物については、鞄の中の連絡帳に記載されているとのこと。鞄も持たず飛び出したから、一旦学校に戻らなければならない。

一通りの情報交換を終え、私は椅子から立ち上がった。

「よし、それじゃまた明日来るね。家族とか同僚がお見舞いに来るかもしれないけど、病気のせいにして適当にごまかしてくれればいいから。ラインは私の方から、できるだけ安心させるように返しておくし」

「すごい大雑把な気がしますが……」

「あはは、細かいことは言いっこなしってことで」

私はそのまま病室から立ち去ろうとドアに手をかけたが、背後から柊子に呼び止められてしまう。

「あの、よすがさん」

振り返ると、柊子はやけに真剣な眼差しで、私のことを見つめていた。

私自身の目に射竦められ、私の鼓動が奇妙に波打つ。

「もし、この入れ替わり現象がいつまで経っても終わらなかったら、どうしますか？」

放たれた柊子の言葉は、まるで質量を持った残響のように私の耳朶を打った。

柊子の意図を図りかね、私はすかさず訊き返す。

「どうしてそんなこと、訊くの？」

「例えばの話ですよ。可能性がゼロとは言い切れないでしょう？」

柊子の意見も一理ある。この入れ替わり現象が、完全に偶発的かつ不可逆的な現象であれば、私はお手上げだ。

その未来を想像し、私は些か暗い気分になってしまう。

「……それはちょっと困るかな。柊子ちゃんに病弱な体を押し付けることになっちゃうし。それに、そっちの体でやり残したこともあるから」

「それじゃあ、やり残したことがなくなったなら、よすがさんとしては不満はないわけですか？」

「ああもう、やっぱりやめよう、そういうの」

畳みかけるような柊子の問いかけを、私は半ば強引に打ち切った。

どうせ同じ仮定の話をするなら、私は楽しくて明るい方が好きだ。

「突拍子もないことに巻き込まれて不安なのは分かるけどさ、心配ばっかりしてても仕方ないよ。極端な話、寝て起きたら全部終わってるかもしれないじゃん」

「それは極端すぎると思いますけど……」

私は両手を打ち、柊子のベッドに歩み寄った。

「とにかくさ！　この変な現象から抜け出せるように、お互い頑張ろう。ね？」

そして、女子中学生の小さな手のひらを、柊子の眼前に差し出す。

数拍置いてその意味を理解した柊子は、かけ布団から出した右手で、私の手を握り返してきた。

「……はい」

つい先ほどまでの自分のものなのに、その手のひらはとても冷たくて。

私は改めて、自分という存在の儚さを、思い知らされたような気がした。

翌日、初冬の凍て空の下。

柊子が在籍する私立雲雀島女子中学校に到着した私は、白い息を盛んに吐きながら、こんな状況にも拘わらずワクワクしている自分がいることに気付いていた。

何せ、十数年振りの中学校生活だ。通う学校は違うものの、それはそれ。別人として過ごすことに緊張はあるけれど、同じくらいの期待感に胸を膨らませてしまうのも、無理のないことだろう。

私は昨日、線路の上で柊子と交わしたやり取りを思い出す。

――私と赤月さん、もしかしたら似た者同士なのかなって。

大丈夫、私と柊子は似た者同士。マフラーの下の口を動かして小さく気合いを入れ、いざ校門をくぐったその時、私に声をかけてくる者がいた。

「おはようございます、戸張さん」

彼女の美しさに、私は思わず息を呑んだ。長い黒髪には一分の乱れやくすみもなく、天の川のように輝いてさえ見えるほどだ。肌は抜けるように白く、切れ長の目からは意志の強さが垣間見える。おまけに身長まで高いときた。

それなりに冷える日だが、彼女は防寒具の類を身に付けておらず、胸元の赤いリボンが誇らしげに揺れている。私のリボンと同じ色なので、どうやら彼女は柊子と同じ一年生のようだ。

非の打ちどころの無さに気後れしてしまう私に、彼女はにこやかに挨拶する。

「今日はいつにも増して良いお天気ですね」

柊子にこんな素敵な友人がいたことが自分のことのように嬉しく、私は口元のマフラーをずらし、満面の笑みで挨拶を返した。

「うん、おはよう！　……えっと……淡河さん！」

胸元の名札で彼女の名前を確認し、私はまっさらな冬空を見上げる。

「本当にいい天気だよねー！　冬の晴れた空ってすっごく高く見えて、それだけで何かテンション上がってくるっていうか！」

小躍りしそうなほど浮かれた私の言葉を聞き、淡河という少女は訝しげに言葉を濁らせた。

「え、ええ……そうですね、本当にその通りで……」

「ん、どうかした？」

キョトンとする私に、淡河は我に返ったように首を振る。

「あ、いいえ、別に大したことでは……ただ、何だか戸張さん、いつもと違うような気がして……」

「え、そう？　私、いつもこんなんだけど」

私は臆面を見せることなく、あくまでそう主張する。

私の堂々とした態度を見て、淡河はしきりに瞬きして呟いた。

「そ、そうでしたか。それなら良いのですが……」

ゆっくり歩きながら話す私達に、背後から別の生徒が声をかけてきた。

「おはようございます、会長」

「今日の学校集会のスピーチ、楽しみにしています」

そんな台詞が耳に届き、私の心臓がキュッと縮んだ。

――え、会長⁉　私が⁉　スピーチって、まさかそれも私の仕事……

「ええ、ありがとうございます。どうぞご期待なさっていてください」

――じゃないよね、さすがに。

傍らの淡河がにこやかに応じたのを聞いて、私はほっと胸を撫で下ろした。

そんな話は全く聞いていないし、そもそも柊子は一年生なのだ。選挙を経て選出される以上、生徒会長なんて大役を張れるわけが――

――あれ？　でも、そうなるとつまり……

「淡河さんって、一年生で生徒会長になったの⁉」

私は目を丸くし、自分と同じ淡河の赤いリボンを見つめた。

私の反応を見て、淡河はまたも不可解そうに眉根を寄せる。

「は、はぁ？　何を今更そんなことを……」

「すごーい！」

感嘆した私は、思わず淡河の手を取り、白い息と共に声を弾ませた。

「緊張すると思うけど、スピーチ頑張ってね！　私も楽しみにしてるから！　……あ、あれ？」

そこで私は、淡河のみならず、二人の女子生徒もポカンとしていることに気付いた。

よく考えてみれば、自分の学校の生徒会長のことを知らないのは流石に不自然だ。

久々の中学校生活で、つい浮かれ過ぎてしまった。私は頬を掻き、ごまかすように早口で捲し立てる。

「い、いけない！　やり忘れた課題があるかもしれないから、先行くね！　それじゃ！」

言うが早いか、スカートを翻し、私は小走りで昇降口へと駆け出す。

後に残された三人の生徒は、尚も唖然と立ち尽くすばかりだった。

「……戸張さん、一体どうしたんですかね？」

「そんなの、私が知りたいくらいですよ……」

所変わり、体育館。

私立だけあって中は広めだが、それでも全校生徒が一堂に会すると、ちょっとした圧迫感がある。

壇上で彼女らの視線を一心に浴びながら、生徒会長の〝淡河真鴇〟は緊張をおくびにも出さず、朗々と語っていた。

「まだ中学生だからという甘えは、くれぐれもお持ちになりませんよう」

口調といい振る舞いといい、下手な政治家よりもよっぽど話し上手と思えるほどだ。自然、私の背筋までピンと伸びてしまう。

真鴇は整列する全校生徒に、苛烈とも言えるほどの眼差しで相対する。

「一度きりの中学校時代は、将来の適切な生産性のために費やされなければなりません。ここで然るべき能力と然るべき関係を築くことで、皆様に明るい未来が訪れるのです。無知は罪、無学は悪。生徒の皆様におかれましては、そのことを強く胸に刻んで学業に励まれますよう……」

女子生徒の整列に加わる私は、真鴇の演説を聞きながら、空気が抜けるような声を発することしかできずにいた。

「わぁーお……」

まるで教師――いや、それ以上だ。通っていた学校の違いもあるだろうが、私の中学生時代とは天と地ほど隔たっている。昨日の歌番組やフィギュアスケートの話題で盛り上がっていた中学生の私は、とてもじゃないが真鴇には見せられない。

もちろん、真鴇の姿勢を否定するつもりもからかうつもりもない。若いうちから向上心があるのはいいことだ。彼女のような人物が学校を率いているなら、この学校の未来も安泰だろう。

体育館中の張りつめた空気を、私は好ましいものだと信じて疑わなかった。

「すごかったね、淡河さんの演説！」

体育館から教室に戻った私は、席の近い女子生徒に話しかけていた。

柊子のことをよく知る意味でも、きっかけを見付けてクラスメイトと関わっていった方がいいだろう。それに、社会人の私をして、淡河真鴇の演説は深く刺さるものだった。

「いやー、まだ中学生なのにちゃんと将来のこと考えてるんだなー。うん、私も負けてられないな！」

心からそう感嘆する私に、しかし相手の女子生徒はやけに歯切れ悪い。

「う、うん……そうだね、すごいよね……」

私の言葉に異論があるというより、どことなく怯えたような表情だ。

その意味を私が訊くより早く、教室のどこかで嘲けるような呟きが発せられた。

「何が将来のことだっての、全く」

決して大きい声ではなかったが、その言葉は私の耳によく届いた。

発言者の生徒はこちらを見ていないものの、私を意識していることは間違いない。近くに立つ他の女子二人も、聞こえよがしの悪態を吐く。

「あんなの、親の七光りでふんぞり返ってるだけじゃんね」

「ま、エリート様からすれば、不出来な私達のことなんてどうだっていいんでしょ」

「……え？」

思わぬ発言に私が戸惑っている間に、別の生徒数人がその台詞を聞きとがめ、軽蔑の言葉を口にする。

「うわー、出たよ、みっともない僻みが」

「愚痴ってる暇に勉強すればいいのにね、ダッサ」

ピリ、と教室に不穏な空気が走ったのを感じた。

手のひらで机を叩き、真鴇の悪態を吐いた生徒が威嚇的に言い放つ。

「は？　今何か言った？」

「ああ、自覚はあるんだ？」

睨み合う両者の一触即発に、凛とした声が割って入ってきた。

「どうかされましたか？」

遅まきに体育館から戻ってきたのは、淡河真鴇その人だ。

険悪な空気が一気に削がれ、最初に悪態を吐いた側の生徒が、目に見えて狼狽える。

「い、いえ、何も……」

そんな彼女らの様子を楽しむように、もう片方の生徒があけすけに指を差す。

「あそこの三人が淡河さんの悪口言ってたんですよ」

「は、はぁ!? 別に淡河さんのこと言ってたわけじゃないから!」

そんな捨て台詞を吐くと、自分の席に着き、もうこちらを見ようともしない。

そんな生徒達の様子に、少し違和感を覚えた私は、優雅に自席に向かう真鴇に声をかけてみた。

「あの、淡河さん、ちょっといい?」

真鴇を連れ、人気のない廊下に出た私は、先ほどの一部始終を掻い摘まんで語って聞かせた。

その上で、真鴇を気遣う言葉をかける。

「淡河さん、クラスメイトからすごい言われようだったけど、大丈夫? もし何かいじめを受けてるとかだったら、私、相談に乗るよ?」

私がそう問いかけても、真鴇はしばらく何も言わなかった。

奇妙に思い、私は真鴇の顔を覗き込む。

「……淡河さん?」

穴が開きそうなほどに私の顔を見つめていた真鴇は、目を瞬いて首を振った。

「あ、いえ、失礼。戸張さんがそのようなことを仰るのが、少々意外だったというか」

次に真鴇が見せたのは、穏やかな微笑みだった。

自分への陰口など意にも介さない、底知れない自信が溢れているように見える。

「気にすることないじゃないですか、そんなこと。むしろ区別がはっきり付いて好都合でしょう？　スピーチでも申し上げたように、人は皆、然るべき関係というものが厳然としてあるのですよ」

「そ、そういうものかな……？」

陰口を言う相手を気にする義理はない——確かにその通りだが、その言葉にあまりにも迷いがないので、私は社会人であるにも拘わらず若干気圧(けお)されてしまった。つくづく今時の中学生は立派だ……もっとも、真鴇に限った話かもしれないけれど。

私は嘆息し、自分なりに真鴇の姿勢を賞賛した。

「淡河さん、すごいね。まだ中学生なのにそんなに達観してるなんて」

「……戸張さんも中学生でしょう？」

「まあ、そうとも言うけどさ」

真鴇に短く訊かれ、私は適当に言葉を濁す。

幸いにも真鴇は深く追及することはなく、別の話題を振ってきた。

「そういえば、今日も学校にいらしていないようですが、霧島夏海(きりしまなつみ)さんとは最近ご無沙汰なので？」

〝霧島夏海〟——初めて聞く名前だ。今の時点では、柊子との関係性も分からない。

私は少しだけ考え込み、無難に首肯。

「霧島……うん、まあ、そんな感じかな」

私の答えを聞いた真鴇は、なぜだか非常に満足そうな表情を見せた。

「そうですか、それはよかった」

「……よかった？」

途端、私の心が無性にざわついた。

そんな私の心境など知る由もない真鴇は、何度も頷きながら勝手に自己完結してしまう。

「本当に嬉しい限りですよ、戸張さんが賢明な判断を下されたことが。やはり戸張さんは、私の見立て通り、数少ない私の対等な友人です」

言うだけ言ってから、真鴇は颯爽（さっそう）と教室へと引き返してしまう。

取り残された私は、今更のように押し寄せる嫌な予感から、この寒い季節にも拘わらず冷や汗が流れるのを感じた。

——もしかして、私、早速何個か地雷踏んじゃってる？

その後の授業は思いのほかつつがなく進み、放課後になるや、私はすぐさま柊子のいる病院に向かった。

しかし、柊子の病室に向かうべく病院の正面玄関を通り過ぎたところで、聞こえた声に足を止めた。

「……あら、柊子ちゃんじゃない？」

危うく素通りしそうになったが、今の私は戸張柊子だ。声の方を振り返ると、やはり自分の方を見る者がいる。

柊子と同年代の私服の少女と、その母と思しき女性が、並んで立っている。柊子の同級生と母親なのだろうが、見覚えはない。

しかし、私の内心など知る由もない母親は、私の姿を認めるや、にこやかに近付いて挨拶してきた。

「ああ、やっぱり！　久し振りねぇ、柊子ちゃん、元気にしてる？」

「あ、ええ、まあ……それなりに元気ですが……」

どちらさまですか、などと言えるわけもなく、私は精一杯の愛想笑いで応対した。厄介なことになったな、と胸中で頭を掻く。

しかし、笑顔の母親に対し、傍らの少女はやたらと不機嫌そうだ。険しい表情で眉を顰(ひそ)め、私と顔を合わせようともしない。

そんな娘の姿を見咎(みとが)めたように、母親は少女の背を軽く叩いて促した。

「夏海、どうしたの？　ちゃんと挨拶なさい」

聞き覚えのあるその名前を、私はごく小さな声で呟く。

この少女が、淡河真鴇が言っていた霧島夏海なのだろう。学校に来ずに病院に来ているということは、何か病気を患っているのだろうか。

夏海と呼ばれた少女は、最低限の口の動きだけで母親をあしらった。

「……別にいいし、そんなの」

困り果てた顔で溜息を吐き、母親は改めて私に向き直り、尋ねてくる。

「ところで柊子ちゃん、今日はどうしたの？　具合でも悪くなったの？」

「あ、いえ……親戚が入院しちゃって、そのお見舞いに来た感じで。私自身はこの通り、全然元気です」

アピールの意味も含め、私は握った両手を持ち上げる。

そんな私の振る舞いが気に食わなかったのか、夏海はチラと私を一瞥し、嫌みっぽく言い放った。

「……へぇ、そう。そりゃよかったね」

「コラ、夏海！　どうしてそんな不貞腐れた言い方するの。ちゃんと柊子ちゃんに謝りなさい」

母親の窘める声に険が宿り始めたが、夏海はそんな母を無視し、スタスタと歩き去って行ってしまった。

「私、ちょっとトイレ行ってくるから」

呼び止める間もなく、夏海は角を曲がり、姿を晦ましてしまう。

夏海の母親は申し訳なさそうに眉根を寄せ、私に謝ってきた。

「ごめんなさいね。夏海、ここのところずっとあんな調子で」

私は夏海が消えた角に視線を走らせ、思い切って尋ねてみた。

「あの、夏海ちゃんは、どこか具合が悪いんでしょうか？」

「ええ……先週に学校で倒れてから、ちょっとね。お医者さんの見立ては、美術部のコンクールのプレッシャーのせいじゃないかってことなんだけど」

いわゆる自律神経の失調だろうか。私にも似たような経験があるが、中学一年生というタイミングは、些か気の毒だ。新しい環境でやりたいことも沢山あるだろうに。

母親の言葉は続く。

「症状的には大したことじゃないんだけど、学校にも通いたがらないし、あんな風に当たり散らすことも増えちゃったから……何か隠してるんじゃないかって気がするんだけど、柊子ちゃんは詳しい事情、知らない？」

「い、いえ、特に心当たりは……」

唐突に話を振られ、私は慌てて首を横に振った。夏海に関することは、柊子本人からは何も聞いていないはず。

私の答えに、夏海の母親は少しだけ残念がるような素振りを見せたが、すぐに優しい笑顔になって言った。

「……そう。あんな娘だけど、これからも仲良くしてあげてくれたら嬉しいな。柊子ちゃんは、夏海にとっての一番のお友達だから」

『一番の友達』という言葉が嬉しくて、私は柊子の体であることも忘れ、意気込んで強く頷いた。

「はい！」

すっかり張り切ってしまった私は、柊子との情報共有も後回しにして、トイレの前で夏海を待ち構えることにした。

学校で真鴇は、私が夏海と距離を置いていることを『よかった』と言っていた。理由はよく分からないけど、それはそれ。理不尽な陰口を言うような人は別だけど、私は基本的に、いろんな人と仲良くした方が人生を豊かにできると思っている。心を閉ざしていた小学校時代の私が、たった一人の少女に生き方を変えられたように。

一番の友人だからこそ、つらい時は寄り添ってあげないと。

トイレから出てきた夏海は、私を見て露骨に顔を顰める。

「……何？」

刺々しい態度だが、心理的な病気によるものだと分かれば怖くはない。

私は夏海を元気づけたい一心で、夏海に話しかけた。

「病気のことなんて、全然気にすることないんだよ、夏海ちゃん！　困ったことがあったら、何でも相談してよ！　私、ちょっとでも夏海ちゃんの力になりたいから！」

人当たりのいい笑顔でそう言った私を見て、夏海は硬直していた。

私の言葉に感動した、わけではないようだ。無表情で目を瞬き、数秒の沈黙の後、ようやく声を発する。

「……は？」

一層刺々しさを増したようなその声音に、流石の私も少し怯んでしまった。

生唾を呑み込む私に、夏海は怒気を孕んだ雰囲気で詰め寄ってくる。

「柊子、あんた、何言ってるの？　自分が何やったか覚えてないの？」

「……え？　私、何か変なこと言った……？」

百パーセントの善意だっただけに、夏海の向ける敵意が理解できない。落ち着いて柊子と情報共有するべきだった、という後悔が頭をよぎったが、覆水盆に返らず。

おろおろする私に呆れた様子で、夏海は溜息を吐くと、早口で捲し立てた。

「もういいよ。あんたにとってその程度のことでしかないなら、もう話すこともないし」

言うが早いか、母親が待つ待合室へと早足で去ってしまう。

取り残された私は、廊下のど真ん中で立ち尽くし、間の抜けた声を上げることしかできずにいた。

「……えぇー……」

分からない。中学生が、分からない……

3章　後悔のない生き方

「柊子ちゃぁあああん！！！」

夏海に突き放された私は、半泣きになりながら自分の病室に駆け込んだ。

一回り以上も年下の中学生に予想外の敵意を向けられた私は、ベッドに突っ伏し、言葉にならない嗚咽(おえつ)を零(こぼ)す。

そんな私に呆れた様子で、柊子は私の背中をポンポンと叩いてくる。

「落ち着いてくださいって……何があったんですか？」

「だってぇ、だってぇ……」

私は子どものようにぐずりながら、夏海と母親との接触について柊子に話した。

夏海の名前が出た瞬間、柊子の表情が明らかに硬くなった。

病室に沈黙が漂い、ややあって柊子は口を開く。

「……そうですか。会ったんですね、夏海と」

その口調は、まるで機械のように無機質だ。

ただならない不可解さに、私は眉を顰めて尋ねる。

「……あの、一体何がどうなってるの？」

外野の私には、どうにも話の流れが掴めない。夏海の拒絶は、私にとっては柊子と入れ替わってから最大のショックと言えるものだった。

「夏海ちゃんのお母さんは、『柊子ちゃんは一番のお友達だ』って言ってた。でも、夏海ちゃんの態度は、全然そんな風に見えなかったよ。夏海ちゃんと喧嘩でもしたの？　もしかして、夏海ちゃんの不登校の原因は、柊子ちゃんが関係しているの？」

唯一無二の親友といえども、当然喧嘩することだってあるだろう。ただ、それにしても夏海の突き放し方は尋常ではない。

柊子も柊子で、明らかに顔を背け、頑なに詳細を語ろうとしない。

「よすがさんに話すようなことじゃないですよ。これは私と夏海の問題ですから」

「いや、そうは言うけどさぁ……」

夏海と同様につっけんどんな柊子に、私はしぶとく食い下がる。

「あんな態度見ちゃったら、放っておけないよ。この入れ替わりがいつ戻るかも分からないし、時間が経ったらそれだけ仲直りが難しくなるんじゃない？　事情を話してくれたら、私が上手いこと取り為してあげられるかも――」

「余計なお世話ですよ」

私のしつこさを煩わしく思ったのか、柊子はピシャリと言い切った。

口ごもる私に、柊子は冷たい視線を向けてくる。

「逆に関係が悪くなる可能性だってあるでしょう？　精神の入れ替わりなんて訳の分からない現象に襲われている今は、目の前のことに集中するべきです。違いますか？」

「それは、違わないけど……」

尚も言い淀む私に、柊子はもう顔を合わせようともせず、窓の外を眺めてきっぱりと結論付けた。

「夏海はどうせ不登校なんです。今のままでも、大した問題にはなりませんよ」

柊子の言葉は、返す言葉もないほどの正論だ。この場では、社会人の私より、中学生の柊子の方が、よっぽど冷静な判断ができていると言える。

それでも、冷徹とも言えるほど達観したその態度が、妙に胸の中でつっかえてしまう。本当にこれでいいのだろうか。冷静で合理的でいることは、自分の正直な気持ちより、必ずしも優先しなければならないものなのだろうか。

「……むー」

――なんか、納得できない。

不承不承で病院を後にし、所は戸張家。

釈然としない気持ちが顔に表れていたのか、夕食の席で柊子の母が私に尋ねてきた。

「柊子、どうかした？」

ハッと我に返った私は、満面の笑みで器を掲げてみせた。

「ううん、何でもないよ！　この肉じゃが、味が染みてすっごく美味しい！」

器を持ち上げ、私は笑顔でそう言った。ちなみにこの言葉は嘘ではない。

大袈裟な私の振る舞いが可笑しかったようで、柊子の母はクスッと笑う。

「最近、随分と機嫌が良さそうね。何かいいことでもあったの？」

「え？　……あ、う、うん！　学校、すごく楽しくって！」

てっきり『様子が変じゃない？』などと不審がられると思っていた私は、母の問いかけに少々違和感を覚えたが、私は咄嗟にそうごまかした。娘として違和感を抱かれないためには、できるだけ母親の言葉に合わせるのが最善だ。

母は私の言葉を聞き、嬉しそうにゆっくり頷いてみせる。

「そう。ここのところ、何か思い詰めていたみたいに見えたから、ちょっと安心した」

それ以上の追及はなく、私はホッと胸を撫で下ろした。しかし、胸中の奇妙な引っかかりは残ったままだった。

柊子と入れ替わってからの私は、戸張柊子としての最低限の生活に手一杯で、実際の振る舞いも相当ぎこちなかった自覚がある。つまり私と入れ替わる前の柊子は、それ以上に——十中八九、夏海のことで——思い詰めていたということではないか？

——柊子ちゃんにとってそれほど大きな問題を、本当に放っておいていいのかな？

とはいえ、この場で柊子の母に相談することもできない。柊子の言う通り、あくまでも私は、〝戸張柊子〟として自然に振る舞うことが最重要事項なのだから。

夕食と風呂と歯磨きを済ませ、明日の登校の準備をしていた私は、うっかり筆箱の消しゴムを落としてしまった。

落ちた消しゴムは変則的にバウンドし、ベッドの下の奥深くに入り込んでしまう。私は腕を目一杯に伸ばし、指に触れたそれを懸命に手繰り寄せた。

「……ん？」

感触で察してはいたけど、ベッドの下から出てきたものは、消しゴムではなく折りたたまれた紙だった。

広げてみると、その紙には可愛らしい似顔絵が描かれていた。色鉛筆で描かれた拙い絵だが、こちらまで嬉しくなるほどの満面の笑みで、懸命に描いたのが伝わってくる。

これは恐らく戸張柊子を描いたものだろう。やや垂れ目な目付きや、二つ結びの特徴は、しっかり押さえてある。顔付きや絵の力量を見るに、描かれた時期は小学校の中学年くらいだろうか。

柊子の部屋にあるということは、柊子が描いたものと考えるのが自然——なのだが。

——何で折りたたまれて、ベッドの下なんかに落ちていたんだろう？

何のことはなく、ふとした時に潜り込んでしまっただけかもしれない……しかし。

もう一度、私はその似顔絵をじっと見つめる。

紛れもない無邪気な笑顔なのに、私はその似顔絵に、妙に不安を掻き立てられるような気がしてならなかった。


一晩が経っても、私の中のもやもやした気持ちは晴れるどころか、むしろ増大すらしていた。

柊子は余計なお世話と言っていたが……謎の入れ替わり現象と、そこで出くわした親友との仲違い(なかたが)いは、本当に無関係なことなんだろうか？　入れ替わりが始まって二日が経過したが、戻る見込みは依然としてない。たとえ可能性は低くとも、じっと待つ以外にも、何か能動的なアクションを起こした方がいいのではないか？

自席に着き、じっと考え込む私に、淡河真鴇がにこやかに声をかけてきた。

「おはようございます、戸張さん」

真鴇の挨拶を好機とばかりに、私はガバッと顔を上げる。

「あ、おはよう、淡河さん。あの、一つ訊きたいことがあるんだけど」

「ええ、何でしょう？」

やっぱり、ただ成り行きに任せて何もしないのは、私の性に合わない。

真鴇の朗らかな快諾を受け、私は直球に質問した。

「昨日話した霧島夏海さんのことだけどさ。学校に来なくなった経緯、何か知らない？」

瞬時、真鴇が硬直した。

真鴇は穏やかな笑顔のままだったが、それは単に表情が動かせないだけのように見えた。真鴇は言うべき言葉を決めあぐねるように、ごく短く訊き返してくる。

「……え？」

「え？」

真鴇の戸惑いの意味を図りかね、私も同じようにキョトンとさせられてしまう。

ややあって、真鴇は慎重に言葉を選ぶようにして尋ねてきた。

「……あの、なぜそのようなことをお訊きになるのでしょうか？」

「え？　だって、心配じゃん。夏海は私の友達だし、もし病気以外に何か困り事があるなら力になりたいなって」

もちろん、入れ替わりを戻す手がかりになればという思いはある。しかし、仮に無関係であったとしても、困っている子どもを見て見ぬ振りをするのは忍びない。

私の言葉を受けた真鴇は、笑顔を消し去り、神妙な面持ちで長い黒髪を背に流した。

「一つ忠告しておきますが、霧島さんとは関わらない方が身のためですよ」

真鴇の声音は静かだったが、声量以上の圧のようなものがひしひしと感じられた。

真鴇は大仰に首を振り、呆れた様子で溜息を吐く。

「霧島さんのようにお絵描きに現を抜かすばかりか、あまつさえ画家になろうなどと大言壮語を口にする生徒は、優秀な戸張さんとは不釣り合いです。身の丈に合わない人付き合いは、回り回って身を滅ぼすことになる。戸張さんだって、そのことを分かっていたから、霧島さんを拒絶することを選択したのでしょう？」

芝居がかった真鴇の言葉に、私は憤慨以上の衝撃を受けていた。

周囲に漏れ聞こえないよう、早口の小声で真鴇に問いただす。

「じゃ……じゃあ、夏海が不登校になったのって、マジで私のせいなの？」

傍から見ればおかしな光景だ。自分のことなのに、自分のことを何も分かっていないようにしか見えないのだから。

眼前の真鴇もその例に漏れず、困惑の表情を隠しきれないでいる。

「ちょ、ちょっと戸張さん、先ほどから一体何を……？」

そこで私はやっと冷静さを取り戻した。真鴇にこのまま掘り下げて訊きたいのは山々だが、これ以上の詮索は怪しまれそうだ。

夏海は隣のクラスの生徒だが、夏海の母親は彼女が美術部に所属していると言っていた。だとすれば、次に情報を集めるとしたら部員が適当だろう。

「ごめん、私、ちょっと用事を思い出しちゃったから！　また後でね！」

思い立つや否や、その場をごまかす意味も含めて駆け出した私を、真鴇は呆けたような顔で見送るばかりだった。

「……どういうことなの？」


朝の美術室には誰もおらず、結局聞き込みには放課後まで待つ必要があった。

放課後の部活動中、折を見て美術部の部長に声をかけてみると、部長は意外そうに私を見返して言った。

「霧島さん？　確か空き教室で倒れたって聞いたけど、その時、戸張さんも一緒にいたはずだよね？　あなたの方が詳しく知ってるんじゃないの？」

逆に訊き返されてしまい、私は頭を掻いて曖昧に取り繕う。

「い、いやぁ、その通りなんですけど。倒れた理由とか、前の日の様子がおかしかったとか、何か心当たりがあったら教えてもらいたくて……」

部長は顎に指を当て、思慮深げに唸る。

「うーん……夏のコンクールで賞を逃した時は、確かに悔しがってたけど、落ち込んだ風ではなかったからなぁ。冬こそは絶対に賞を獲るって、すごい張り切ってたよ」

「コンクール……ですか」

「うん。一年生なのにすごい向上心で、部員のみんなの励みにもなっていたんだけど……」

語る部長の物腰は穏やかだったが、そこに水を差すような言葉が投げかけられた。

「でも霧島さん、テストはいつもダメダメだったらしいじゃないですかぁー」

会話する私達の近くで絵を描いていた部員が、こちらを見もせずにそう言った。

不意を衝(つ)かれて部長が閉口した隙に、彼女は更なる毒舌を放つ。

「ウチの勉強に付いていけなくなって、嫌気が差したんじゃないですかぁー？」

部長はその部員をキッと睨(にら)み、鋭く非難した。

「三崎(みさき)さん！　根拠もなくそんなことを言わないの！」

「すんませーん、でも根拠がないなんて言いきれないですよぉ？」

三崎という部員は、悪びれる素振りも見せずに嘯(うそぶ)く。

彼女の言葉にどことない含みを感じた私は、三崎に問いただす。

「それ、どういうこと？」

「あれー？　戸張さん、霧島さんの親友なのに知らないんですかぁ？」

三崎は絵筆を筆立てに置くと、不敵な笑みを湛(たた)えて語り出した。

「霧島さんが不登校になった日、私はゴミ当番だったんですけどー、丸めた水彩紙が捨てあったんですよぉー。描き損じは資源ゴミで捨てなきゃいけないってきつく言われてるのに、誰が捨てたんだろうって広げてみたら、それ、霧島さんが冬のコンクールに向けて描いてた絵でー。しかもすっごいビリビリに破かれてて、あれはもう絵が気に入らなかったっていうより、絵を描くことそのものを諦めたとしか——」

「それ、本当なの!?」

三崎が皆まで言うより早く、私は彼女の両肩を掴んで迫っていた。

私の剣幕に気圧された様子で、三崎は目を瞬く。

「い、いきなり何ですかぁ。そんな嘘ついて何になるって言うんですかぁ？　い、言っとくけど、私が破って捨てたとかじゃないですからねぇ……」

先ほどまでの飄々(ひょうひょう)とした態度はどこへやら、三崎は委縮したようにボソボソ声で答える。

私は三崎の肩から手を離し、一縷(いちる)の可能性に賭けて尋ねた。

「ねぇ、その捨てられた絵、まだ残ってないの？　何が描いてあったか覚えてない？」

「の、残ってないし、覚えてもないですよぉ。当番の仕事で、そのまま捨てましたよ。持ってて気分のいいもんでもないですしぃ……」

「……そっか」

私は気を取り直し、再三の質問を試みる。

「もう一つ訊かせてくれないかな。夏海ちゃん、絵を描き始めたのがいつからとか、何か言ってなかった?」

「そ、そんなの私が知るわけないじゃないですかぁ。別にそんな親しくもないですし……」

三崎は不服そうに顔を背けるばかりだったが、その質問は部長が答えてくれた。

「入部の自己紹介では、特に絵画塾とかに通ってた実績はなくて、本格的に始めたのは中学校からって言ってたよ。その割には並みの上級生より上手いから、私はすごく感心してたんだけど」

貴重な情報の提供に、私は満面の笑みで彼女らの手を握り、感謝の言葉を贈った。

「ありがとう、部長さん、三崎さん! すごく助かったよ!」

そして、二人が二の句を継ぐ前に、慌ただしく部室から退散する。

取り残された部長と三崎は、揃って啞然と佇む(たたず)ばかりだった。

「う、うん……?」

「ど、どういたしまして……?」

美術部での聞き取りを終えた私は、病院に行く前に柊子の自宅に戻っていた。

目当ては先日発見した柊子の似顔絵と、小学校の卒業アルバムだ。後者は少し見付けるのに手間取ったけど、押し入れの奥に入っているのを見付け、無事引っ張り出すことに成功した。

表紙の校舎写真や校章に見覚えがあると思ったら、それもそのはず。柊子の卒業した小学校は、私の母校と同じだった。戸張家の立地的に「もしかしたら」と思っていたけど、私は小学校から大学までずっと国公立通いだったから、今まであまり意識していなかった。

アルバムを確認すると、目当ての人物はすぐに見付かった。〝霧島夏海〟の名前と顔写真が、〝戸張柊子〟と同じクラスに掲載されている。

屈託のない笑顔で写真に写る夏海は、先日出会った時とはまるで別人に見える。

アルバムを閉じた私は、目を閉じて情報を整理し、覚悟を決めて立ち上がった。

病院に赴き、病室のドアを開けると、ベッドに横たわる柊子と目が合った。

柊子が何か口にするより早く、私は本題に切り込む。

「ねぇ、柊子ちゃん。私、学校で夏海ちゃんのこと、ちょっと調べてみたの」

途端、柊子の顔色が目に見えて変わった。

憤慨と焦燥の入り混じった表情で、私に食ってかかろうとする。

「どうしてそんなこと――」

「余計なことだって言いたいのは分かってる。でも、どうしても放っておけなかったの」

柊子の抗議を遮り、私はそう強調した。

後の祭りであることを理解したようで、柊子は素直に押し黙る。

私はベッド脇の椅子に座り、順を追って柊子に尋ねた。

「夏海ちゃんは美術部員で、冬のコンクールに向けて頑張ってたんだよね。でも、そのコンクール用の絵が、不登校になる前にゴミ箱に捨てられてたんだって。現物を見たわけじゃないけど、単に絵が気に入らないだけにしては、変な捨てられ方だとも聞いた。それ、夏海ちゃんに避けられてる件と無関係じゃないよね？」

「…………」

柊子は何も言わない。頷きもしないが、はっきりと否定もしない。

柊子の反応を慎重に窺(うかが)いながら、私は家から持ってきた例の似顔絵を、柊子の前で広げてみせた。

似顔絵を見た柊子は、目に見えて狼狽していた。息を呑む柊子を前に、私は続けて語りかける。

「もう一つ。夏海ちゃんが本格的に絵の活動を始めたのは、中学校に入ってからなんだよね。柊子ちゃんの部屋にあったこの似顔絵、最初はあなたが自分で描いたものだと思ってたけど、これは小学校の時に夏海ちゃんが描いて、あなたにプレゼントしたものなんじゃないの？」

柊子は眉をピクリと動かし、淡々と反論する。

「……何を言ってるんですか。私の部屋にあったものなんだから、私が描いたものに決まってるじゃないですか」

「柊子ちゃんは、絵を描くことが趣味なの？　ならどうして美術部じゃなくて園芸部に入ったの？」

「別に、何の部活に入るかなんて、私の勝手でしょう。絵が趣味だからって、みんな画家になるわけじゃないですし」

柊子の答えは素っ気ないが、私はその言葉に微妙な不自然さを感じた。

園芸部に入った方の理由を明確にしない。意図的に明言を避けるような柊子に、私は更に畳みかける。

「そうだね。でも、入らない理由もない。だって、絵描きが趣味な上に、親友の夏海ちゃんが美術部に入部してるんだから。それに、柊子ちゃんの持ち物には、これ以外の絵が全然見付からなかったんだよ。ノートの端っこの落書きなんかですら」

ベッドから私を見上げる柊子は、言外に非難しているような表情だ。それでも、私は追及の手を緩めない。

こう見えても——いや見たままかもしれないけど——とにかく、私は諦めが悪いのだ。

「正確な経緯は分からないけど、小学生の時、この絵がきっかけで夏海ちゃんは柊子ちゃんと親友になって、中学で美術部に入ることを決めた。わざわざ隠すように置いてあったのは、夏海ちゃんと喧嘩した後、この絵を見たくなかったから。違う？」

美術部の部長は、夏海が入部当初から頭角を表していたと言っていた。現在の夏海の絵はまだ見ていないけど、夏海が入部当初から頭角を表していたと言っていた。現在の夏海の絵はまだ見ていないけど、この似顔絵はお世辞にも、先輩が一目置くような完成度ではない。夏海の作品だとするなら、これは小学校で描かれたものと考えるのが自然。

柊子は私から顔を背け、幾分か覇気の欠けた声で反駁した。

「当てずっぽうなこと言わないでください。全部よすがさんの憶測ばっかりで、夏海が描いた証拠は何もないじゃないですか」

「うん、無いよ。でも、この場で柊子ちゃんが同じように似顔絵を描けば、ある程度の目安にはできる。手は動かせるよね？」

柊子自身の体からノートとペンを差し出され、眼前の柊子が目に見えて狼狽える。

「……それは……」

逡巡の挙句、とうとう柊子が完全に沈黙した。

正直なところ、半分くらいは柊子の指摘通り、無根拠な憶測だ。それでも、仮に的外れだとしても、それはそれで構わないと思っていた。重要なのは、本気で仲直りの手助けをしたいという私の意思を、柊子に伝えることだから。

果たして——柊子はかけ布団をギュッと握り、消え入りそうな声で言った。

「どうして、ですか？」

困惑と、諦観と、微かな期待が滲んだ疑問だった。

柊子は潤んだ瞳で、上目遣いに私のことを見てくる。

「どうして、そんなに私達のことに、よすがさんが関わろうとするんですか？　面倒なばっかりで、面白いことなんて何もないのに」

柊子の言葉には、私を突き放そうとする露悪が垣間見えた。

柊子の不安を払拭するように、私はすらりと切り返す。

「無関係なんかじゃないよ。だって今の私は、戸張柊子なんだから」

「いや、そういう話をしているわけじゃ……」

わざと的を外した私の答えで、病室の空気が一瞬弛緩してしまう。

私は肩の力を抜き、真っ白い天井を見上げた。

「後悔するような生き方をしたくないんだ、私」

精神の入れ替わりなんて体験はもちろん初めてだけど、今私の胸の中に蟠っている思いは、何度も経験してきたものだった。

これまでの人生を振り返り、私は口を開く。

「柊子ちゃんも気付いてると思うけど、私が『明日死んでもいいように生きたい』と思うのは、こんな病気を抱えているからなんだ。だけど……生き方って、意識しないとすぐに忘れちゃうんだよね。私、前にいた会社がいわゆるブラック企業って所だったんだけど、目の前の仕事のことで頭がいっぱいになっちゃって、いつの間にかいろんな人を身勝手に傷付けていたんだ。そのことに気付いた時、『私は何をやってるんだろう』って、すごく情けなくなっちゃって」

　私が傷付けてしまったのは、直接仕事で関わった人達だけではない。彼らの関係者や家族にも、きっと多かれ少なかれ悪影響を及ぼしてしまったことだろう。

　罪悪感を吐露する私に、上司や先輩は『社会も仕事もそういうものなんだ』と言った。だけど、彼らのように割り切った考え方ができるようになるには、私の人生は短すぎた。

「だからその時、改めて思ったの。寿命が短い私は、いつまでも挽回のチャンスを持っていられるわけじゃない。自分の今の気持ちに納得できないことがあるなら、それを後回しにしちゃいけないんだって。いつ来るか分からない死ぬ時を、いつでも胸を張って迎えられるようにしなくちゃならないんだって」

　子どもじみた甘い考え方だって、何度も言われた。だけど、他人を理不尽に虐げて得られる大人らしさなんて、私はまっぴら御免だった。

だって、大人になった途端に未来の希望がなくなるのなら、生きていたって何の意味もないじゃないか。

　だから私は、身を挺して柊子を助けることができたのだ。先の短い人生を、後悔まみれで過ごすことのないように。

「繊細な問題を赤の他人に話したくない気持ちは分かる。それでも私は、間違いを犯してしまう苦しさや、孤立する寂しさを自分なりに知っているつもり。だから、このまま夏海ちゃんと柊子ちゃんが仲違いしたままっていうのは、納得ができないんだよ。もし、柊子ちゃん一人では仲直りしにくい理由があるなら、私にも協力させてほしいんだ」

　私は柊子の目をまっすぐ見つめて、真剣な面持ちで訴えかけた。

　暫しの沈黙を経て、柊子は折れたように頭を垂れる。

「……分かりました。どのみち、このままだと時間の問題にしかならなそうですね」

　柊子が零した一言に、私は思わず顔を綻ばせた。

　言うまでもなく、まだまだスタートラインに立ったばかりだ。それでも、私を少しでも信じようとしてくれた、そのことが私には嬉しかった。

　柊子は頰を掻き、私の顔をチラと窺って呟く。

「実は、ちょっとだけ思ってたんです。よすがさんには、全部話しておいた方がいいのかもしれないって」

「そ、そうなの？」

「はい。あんな風に線路に飛び込んで私を助けてくれましたし、よすがさんは私と違って社会人ですし、それに……」

柊子の言葉は、そこで途切れた。

私は首を傾げ、続きを促す。

「それに？」

「いえ、何でもないです。それより、夏海についてですけど」

柊子は緩やかに首を横に振っただけで、話の本筋に戻る。

「大体はよすがさんの推測通りです。夏海と親友になったのは、小学校の課題を一緒にやったことがきっかけでした。性格が違うからなかなか打ち解けることができなかったんですけど、夏海はクラスメイトからいじられている私のことを、身を挺して庇ってくれて……それで夏海のことを信頼するようになって、友達の証しとして手作りのプレゼントを贈り合ったんです。似顔絵を贈った夏海は画家に、髪飾りを贈った私は植物学の研究者になるっていう夢を、お互いに応援もするようになって」

柊子の柔らかな口調からは、夏海を深く想う気持ちが伝わってくる。

だからこそ、そこから先がどうにも理解できない。

「それで……どうして、あんな風に仲違いするようになっちゃったの？」

単刀直入に尋ねると、柊子は口を真一文字に結び、一息に言った。

「私が、夏海の夢を否定してしまったんです」

俯く柊子は、今にも泣き出しそうだ。

震える口元を動かし、つらそうに言葉を紡ぐ。

「夏海が夢見ている景色には、どうせ辿り着けない、努力するだけ時間の無駄だって。その前に……何というか、私はちょっと勘違いしてて、夏海に腹を立てていたんです。夏海が私のことを否定してるって、勝手にそう思ってしまって、それで……」

柊子の台詞は、言葉を探るようにつっかえながらフェードアウトしてしまう。よほど罪悪感が強いのか、その表情も非常に苦しげだ。

柊子の様子を窺いつつ、私は顎に指を当てて尋ねた。

「売り言葉に買い言葉的な？」

その一言で、柊子は無言のまま俯いてしまった。

私はそっと目を閉じ、独り言のように呟く。

「……そっか。まあ確かに、画家も研究者も、大変な仕事ではあるけどね」

――っていうか私、初対面だったとはいえ、夏海ちゃんに相当まずい発言してたんだな……

あの失敗が余計な尾を引くかもしれないが、既に起きてしまったことは仕方ない。ここからどう挽回するかを考えて行動するだけだ。

充分な間を置いてから、柊子は再び語り出す。

「ただ、夏海がいきなり倒れてしまったのは、完全に予想外でした。入院にはならなかったので、次の日に夏海に謝ったんです。でも、夏海は聞く耳を持ってくれなくて、コンクールのために描いていた絵を目の前で破いてしまって……今はコンクールのストレスで自宅療養中ってことになってますけど、本音では私と会いたくないんだと思うんです」

柊子が締めくくると、病室には長い静寂が漂った。廊下の向こうで患者や看護師が行き来する足音が、妙に大きく聞こえる。

頭の中で情報を整理し、私は目を開けて柊子に訊いた。

「ねぇ、それって、本当に柊子ちゃんと夏海ちゃんだけの問題なの？」

「え？」

私の問いかけを受け、柊子は素っ頓狂な声を上げた。

私は人差し指を立て、適当に思い付いた仮定を口にする。

「ほら、例えば別の誰かがやったことの濡れ衣を着せられたとか、そういうことじゃなくて？　二人がいきなりそんな仲違いするなんて、とても思えなくてさ」

暫し、柊子は逡巡するように視線を彷徨わせていた。

やがて、蚊の鳴くような声で、柊子は答えた。

「……外部の影響があったことは、認めます」

静かな病室なのに、耳を澄ませていないと聞き取れないほどの声量だった。

柊子はかけ布団をギュッと握り、訥々と語り出す。

「二学期からクラスメイトの淡河さんが生徒会長になったんですけど、それからちょっと学校が変な感じになっちゃって。級長とか生徒会役員の立候補にテストの成績が条件に加わるようになったり、成績の良い悪いで差別するようになったり……一学期の間はみんな仲良くできてたのに、今ではあちこちで反目し合うようになって」

「うへぇ、淡河さんってそんな暴君だったの」

私は露骨に顔を顰めた。薄々、そんな気はしていたのだが。

調べてみたところ、淡河真鴇は〝淡河システムズ〟という日本屈指のＩＴ企業の社長令嬢だった。私の会社でもそこのクラウドサービスを利用しているし、子会社に勤める家庭の生徒もそれなりにいるのかもしれない。親の影響力と、真鴇自身の能力の高さを組み合わせれば、学校の実効支配くらいはやってのけても不思議ではない。

私は真鴇の言葉を思い出し、柊子に尋ねた。

「じゃあ、淡河さんと柊子ちゃんが対等の友人だっていう話は……」

「……淡河さんを拒むのが怖くて。実際にはそれほど仲がいいわけじゃないんです」

消え入りそうな声で言ってから、柊子ははっきりと首を横に振り、続けた。

「でも、それが全てじゃなくて。夏海との喧嘩は、私のせいなんです。私がもっとしっかりしていれば、こんなことにはならなかったんです……」

その言葉には他人を庇う意図は感じられず、ただ自らへの罪悪感だけが滲み出ているようだった。

私は一つ頷き、柊子を安心させるように微笑んだ。

「分かった、やれるだけのことはやってみるよ。もちろん、最終的には柊子ちゃんが何とかしなきゃだけど、きっかけを作るくらいのことは私にもできるかもしれないから」

「あの、本当に無理はしないでくださいね。この件のせいで余計なトラブルになったら、収拾が付かなくなるかもしれないですし……」

言い募る柊子は、心から不安がっているようだ。

中学生にトラブルの心配されている現状が、何だか可笑しく思えてしまい、私は人差し指で自分の頭をつついて軽口っぽく言った。

「あはは、大丈夫だって。こう見えても、おねーさんは君の二倍も生きてるんだぜ？」

調子に乗っていると思われたのか、柊子はジトリとした目付きで私を見てくる。

「でも、夏海との初対面で、物凄く取り乱していたじゃないですか」

「とっ、取り乱してなんかないし！　……いや、してたかもだけど！　あれは不意打ちにびっくりしただけっていうか！」

痛い所を突かれ、私はツンとそっぽを向いた。

一拍置いてから、私は真剣な表情に戻って口を開く。

「それにね、ちょっと気になることもあるんだ」

「何ですか？」

不思議そうに問う柊子に、私は学校で考えていた仮説を口にした。

「柊子ちゃんと夏海ちゃんの仲違いが、もしかしたらこの入れ替わりに、関係してるかもしれないってことだよ」

それこそが、私が柊子と夏海の問題に首を突っ込む、最大の理由だ。

瞬時、柊子の宿す雰囲気が緊迫したように見えたが、さほど意外そうにはしていなかった。柊子もその可能性には思い至っていたのかもしれない。

私は戸張柊子の小さな手のひらを見つめ、握って開いてを繰り返す。

「親友の柊子ちゃんと夏海ちゃんが、大喧嘩をした直後に、私と柊子ちゃんが入れ替わった。これ、単なる偶然とは思えないんだ。それがどういう意味なのか、何でよりによって私なのかはまだはっきりと分からないけど、やっぱり無関係ではいられないよ。もしかしたら、二人の仲直りが私達を戻す鍵になってる、なんてこともあるんじゃない？」

私の憶測を受けた柊子は、乾いた声で短く相槌を打っただけだった。

「……そうですね」

それから私は近況報告を行い、夏海の住所を柊子から訊き出し、病院を後にした。

正面玄関を抜けると、日に日に強まる寒気に見舞われ、私は身震いした。日の入りも随分と早まり、まだ四時過ぎだというのに、もう太陽が沈みかけている。

オレンジに染まる地平線を眺めながら、私は思い返す。

——ねぇ、それって、本当に柊子ちゃんと夏海ちゃんだけの問題なの？

その質問で、目を泳がせた柊子の姿が、私の脳裏にくっきりと焼き付いている。

あの動揺を見れば、柊子がまだ何かを隠していることは火を見るより明らかだ。私の予想が正しければきっと、そこに今回の問題の核心が存在する。

究極的には入れ替わりを戻すためとはいえ、柊子の気持ちの問題もあるし、強引に訊き出すことは極力したくない。それに、隠し事そのものより気がかりなこともある。

——柊子ちゃんが、その〝何か〟を隠す理由は、一体何なんだろう？

＊　始まりの二年前　＊

それは小学校の授業で、『好きな芸術作品について感想を述べよ』という課題が出されたことがきっかけだった。

大半の児童は、三階渡り廊下の作品展示コーナーで課題を済ませていた。単純に美術館まで足を運ぶのが面倒というのと、優れた芸術作品を見ても価値が分からないというのが主な理由だろう。その点、ここなら休み時間に気軽に済ませられるし、感想も書きやすいものが多い。

霧島夏海もまた、彼ら同様に、このコーナーで課題を済ませるつもりでいた。ただ、その動機は、他の生徒とは違っていた。

その校内ギャラリーの中には、かねてより夏海が大好きだった絵があった。夏海にとってそれは、どんな著名な芸術作品よりも素敵で、価値のあるものに思えた。

作品名は、『冬に咲く花』。十年以上も前に卒業した先輩の作品だ。

雪の舞う中で満開の桜が咲いている、たったそれだけの絵だ。絵に使われている色彩も、一見すると少ない。しかし、それゆえに子ども特有の原色を塗りたくったような絵の中では特に映え、技術も頭一つ抜けていた。このような幻想的な世界を、実際に目の当たりにして描いたかのようだった。

課題のため、夏海は放課後に『冬に咲く花』を見に行った。休み時間は他の児童がバタついて落ち着かないし、誰にも邪魔されないよう、久々にじっくりと鑑賞したかった。

ギャラリーに向かうと、そこには一人の少女がいた。夏海と同じく、『冬に咲く花』を目当てにしているようだ。絵の前で見とれたように、身じろぎもせず眺めている。

親近感を抱いた夏海は、彼女に話しかけてみることにした。

「あなたも、この絵が好きなの？」

驚いたように振り返った少女の顔には、怯えの表情が貼り付いていた。

喉の奥ではっきりしない声を発し、そそくさとその場を立ち去ろうとする。

「うっ、うん……ごめんね、すぐどくから」

「あ、いいよいいよ。一緒に見ようよ」

夏海に呼び止められた少女は、しばらく去るべきか残るべきか迷っていたようだったが、やがて素直に留まることを決めた。

しばらく、二人は黙ってその絵を眺めていた。

夏海は仕切り縄の手前まで歩み寄り、細部までじっくりと鑑賞する。

「いい絵だよね、これ。私もすごく好き。見てると、すごく勇気が湧いてくるんだ。どんなことでも、頑張れば不可能なことなんてないんじゃないかって」

持参したノートに感想を書き終えると、夏海は徐に少女を振り返って言った。

「戸張柊子さん、だよね？　私は霧島夏海。よろしくね」

それが、柊子と夏海の出会いだった。

奥手な性格の柊子は、口ごもりながら応じる。

「よ、よろしく。柊子でいいよ」

「そっか、じゃあ私も夏海で。柊子もこの絵を課題に選んだの？」

頷く柊子に、夏海は憧れの眼差しで絵を見つめた。

「一度でいいから、見てみたいよね。こんな綺麗な景色」

「見られないよ」

しかし、柊子の答えは、そんな味気ないものだった。

柊子は夏海に、淡々と語って聞かせる。

「理科の先生から聞いたんだ。花粉を運ぶ昆虫は、人間と違って体温の調節ができないんだ。桜にとって、冬に咲く意味はないんだよ、って……だから、こんな雪の中で咲く満開の桜は、絵の中の世界でしか見られないんだ」

言い終えた柊子は、『冬に咲く花』を見て、寂しそうに微笑む。

「でも、それはそれとして、この絵は好き。夏海が言うみたいに、何だか救われる気分になれるから。へへ、これもただの気のせいなのかもしれないけど……」

「分かんないじゃん、そんなの」

我知らず、夏海は口を挟んでいた。

夏海に遮られ、距離を詰められた柊子は、慌てた素振りを見せる。

「えっ、ちょっ、あの……」

「先生だって、世の中の全部を知ってるわけじゃないんでしょ？　本を読んでそういう知識を身に付けたってだけでさ。日本はそうでも、世界のどこかには、冬に満開になる桜もあるかもしれないじゃん。桜じゃなくても、他の花なら咲くかもしれないじゃん。雪の中で綺麗に咲いて、きっとすっごく綺麗だよ」

ほとんど単なる夏海の思い付きだった。ただ、悲しげな柊子の姿を見ていると、居ても立ってもいられなかった。

その景色を想像した柊子の目には、光が宿ったように見えた。

夏海は柊子の手を取り、声を弾ませる。

「ね、いつか一緒に探検に行こうよ。この近くにも冬に咲く花、あるかもしれないよ！」

畳みかけるような夏海の言葉に、柊子はおずおずと頷く。

内気な柊子は、表情にこそ出していなかったが、心の中は温かな喜びで満たされていた。

それから柊子と夏海はたびたび関わり合うようになっていたが、内気な柊子は、さばさばした性格の夏海に対してなかなか心を開けずにいた。それでも内心では、柊子は夏海が自分に構ってくれることを喜んでいたし、夏海もまた、自分の挨拶に柊子が返事をしてくれるだけで嬉しかった。

そして二人とも、『冬に咲く花』という絵で繋（つな）がれていることを尊く思っていた。

転機になったのは、柊子がクラスの男子に泣かされた時のことだ。

無口で孤立しがちだった柊子は、しばしば同級生からいじりのターゲットにされていた。頼れる友人がいない柊子にとっては、遊び半分で心無い言葉を投げかける彼らは、大きな脅威だった。

手芸が趣味だった柊子は、自作の歪（いびつ）な小物に勝手に触られ、からかわれ、耐え切れずに泣き出してしまった。それを見た男子は、水を得た魚のようにニヤニヤと笑い出す。

「あーあ、戸張、泣いちゃったじゃん」

「仕方ねーだろー、こんな変なキツネ見たら誰だって笑うって」

「キツネじゃないもん……犬だもん……」

「はぁ？　犬？　これが？　いやいや、無理あるって」

「俺達は戸張のためを思って言ってあげてるんだって」

「そーそー、すぐ泣いてばっかりじゃ、いつまで経っても成長できないぞー」

「あんた達、何やってんの⁉」

トイレから戻ってきた夏海は、柊子を取り囲む男子に怒声を浴びせた。

ギョッとする男子児童を押しのけ、夏海は柊子の肩に手を置く。

「柊子、大丈夫？」

「な、夏海……」

キッと睨む夏海に怯みながらも、男子は弁明を試みる。

「お、大袈裟だなぁ、ちょっといじってただけじゃん……」

「そ、そうだって、戸張がすぐ泣く泣き虫だから俺らが活を入れようと……」

夏海は彼らの言葉を遮り、片手で机を叩いて怒鳴った。

「柊子が泣き虫なら、あんた達はゴミ虫だよ！　今度柊子を泣かせたら、私、絶対に許さないから！」

男子達が一斉に押し黙り、ばつが悪そうに三々五々散っていくのを見届けてから、夏海は鼻息荒く自分の席に戻る。

次の授業のチャイムが鳴るまで、教室は静まり返ったままだった。

警告は効果覿面(てきめん)で、その日から柊子がいじられることはなくなった。

しかし、彼らの中に、クラスの人気者である男子が紛れていたのが災いした。彼が教室で公然と恥を掻いたことで、彼に好意的な一部の女子が、揃って夏海を仲間外れにし始めたのだ。

柊子はその事実に気付きながらも、自分がまた嫌がらせをされるかもしれないと思うと、なかなか夏海の肩を持つことができなかった。夏海が気にしている様子ではなかったことも、見て見ぬ振りをする言い訳となり、柊子はそんな自分に嫌気が差していた。

しかし、ある女子が言った言葉が、柊子の怒りに火を付けた。

「ねえねえ、戸張さん、知ってる？」

声をかけてきた二人の女子児童は、悪だくみをしているように口元を歪めている。

夏海の方をわざとらしく一瞥すると、声を潜めて柊子に耳打ちする。

「霧島さんはね、戸張さんのこと、陰気でつまらないガリ勉女だって言ってたんだよ。人としてサイテーだと思わない？」

思いもよらない密告に、柊子は耳を疑う。

「……えっ、夏海がそんなことを……？」

柊子の疑念の声に気を良くした様子で、女子達の口調が饒舌さを増す。

「そうそう。なんか前に格好いいこと言ってたけどさ、結局戸張さんのことを、気の弱い子分としか思ってないんだよね」

「気を付けた方がいいよー。霧島さん、八方美人って噂（うわさ）だから……」

「ふざけたこと、言わないで！」

初めて上げた柊子の大声に、二人の女子は驚愕（きょうがく）の表情で硬直した。

驚いたのは柊子本人も同じだった。それでも柊子は激情の赴くまま、続けざまに捲し立てる。

「夏海はそんなこと言わない！　あなた達みたいに、人を傷付けるようなことを言ったりしない！　バカにしないで！」

『冬に咲く花』について楽しげに語り、柊子と積極的に関わろうとし、泣かされている柊子の肩を持った。そんな夏海が、柊子の悪口を言う理由がない。

寂しげに椅子に座っていた夏海は、柊子の大声に振り返り——柊子と目が合った瞬間、啜（すす）り上（あ）げて泣き始めてしまった。

これまでどんな時でも気丈に振る舞っていた夏海の一面に、柊子は戸惑いながらも夏海の手を取り、廊下に出て人気のない屋上階段に向かった。

泣きじゃくる夏海は、いつもの逞（たくま）しさとは程遠く、柊子はおずおずと話しかけた。

「あの、夏海、大丈夫？　私、まずいこと言ったりした……？」

夏海は首を振り、か細い声で答えた。

「ううん……違うの、私、すごく嬉しくて……」

少し落ち着いた様子の夏海は、洟を啜り、充血した目で柊子と向き合う。

「実は私ね、クラスの女子から、『柊子が陰で私のことを、勉強もできないバカ女だって言ってる』って言われてたの」

「えぇっ⁉　私、そんなこと一度も言ったことないよ⁉」

根も葉もない風説に、柊子は驚愕と憤慨を込めて声を荒らげた。

夏海は頷き、訥々と続ける。

「うん、嘘だってことは分かってたけど……でも、心のどこかで『もしかしたら』っていう気持ちもあって、確かめる勇気が出なかったんだ。私といる時の柊子って、あんまり楽しそうじゃないように見えたから、私のこと迷惑だと思ってるのかなって……」

消え入るような夏海の声に、柊子は胸がチクリと痛むのを感じた。

「……そっか」

夏海の絡みが嫌だったわけではない。しかし、声の通りが悪く、周囲と歩調を合わせることが苦手な柊子は、親しい友人を作ることに臆病になっていた。夏海に対するそんな煮え切らない態度が、夏海に要らない不安を抱えさせてしまっていたのだ。

沈黙の中、授業開始のチャイムが廊下に鳴り響く。

「あ、チャイム……」

顔を上げた柊子に、夏海は泣き腫らした目で悪戯っぽく笑った。

「へへ、サボっちゃう？」

教室で怒鳴ってしまった手前、素直に戻るのも躊躇われた柊子は、ちょっとだけばつが悪そうにはにかんだ。

冴え冴えとした屋上前の階段に腰かけ、手を擦りながら、夏海は口火を切る。

「柊子。私ね、将来、プロの画家になろうと思ってるんだ」

唐突な夏海の告白に、柊子は目を丸くした。

「へぇー、ちょっと意外かも」

夏海はどちらかというと、活発なアウトドア派の印象だ。その自覚があった夏海は、照れ隠しのように頭を掻く。

「でしょ？　だからまだ、親にも誰にも言ってないんだけどさ。あの『冬に咲く花』みたいに、素敵な絵で誰かを感動させられる画家さんになりたいなって」

柊子は夏海の語った夢を笑うことなく、深く頷いて言った。

「すごく格好いい夢だと思うよ。私、応援する」

「ありがと。まあ、簡単な道のりじゃないとは分かってるんだけどね」

頬を赤らめ、夏海は破顔した。

そんな夏海を見て、柊子もまた、自分の内心を吐露することを決めた。それは奇しくも夏海と同様、他の誰にも言っていないことだった。

「実は私はね、植物学の研究者になりたいと思ってるの」

その一言を聞き、夏海は柊子の瞳を覗き込む。

「植物学……それって、もしかして」

柊子は膝をギュッと抱え、夏海の言葉に言葉を継ぐ。

「現実の『冬に咲く花』について研究してみたいなって思って。夏海が言ってくれた、『世界のどこかにあるかもしれない』って言葉がずっと残ってて、それで」

夏海は寒々しい天井を見上げ、嘆息した。

「不思議だね。きっかけは同じなのに、二人で全然違う夢を追いかけるなんてさ」

「うん。でも、そうやっていろんな未来に進めることは、すごく素敵だと思うんだ」

柊子は夏海に向き直り、居住まいを正して言った。

「これまで距離を置いてて、ごめんね、夏海。私がもっと早く心を許していれば、嫌な思いをしなくて済んだかもしれない」

夏海はきっぱりと首を横に振り、柊子の謝罪を突っぱねる。

「そんなこと、気にしてないって。私もちょっと馴れ馴れしくしすぎたところあるし」

「でも……」

食い下がる柊子に折れる形で、夏海は明るい表情で提案した。

「じゃあさ、こうしようよ。友達の証しに、手作りの何かを贈り合うってのはどう？」

思いがけない夏海の提案に、柊子は目をぱちぱちさせて問い返す。

「い、いいけど……何を作るの？」

「そうだなぁ……じゃあ柊子は、あれ作ってよ。いつもビーズで作ってる、キラキラしたやつ。私も一つ欲しいと思ってたんだよね」

「あ、あんなのでいいの？ 男子に笑われるくらいヘタクソだけど……」

「私が欲しいんだからそれでいいの！ どうでもいいでしょ、男子がどうとか」

柊子の卑屈な言葉を遮り、夏海は鼻息荒く言い切った。

夏海の勢いに乗せられる形で、柊子は続きを促す。

「分かった、頑張って作るよ。それで、夏海も同じのを作るの？」

「うーん、それでもいいんだけど……せっかくだし、私らしいものにしようかなって」

明言こそしなかったが、それが何を指しているか、柊子は勘付いていた。

「夏海らしいって、もしかして……」

柊子の探るような視線をくすぐったく感じた夏海は、少しだけ顔を背け、打って変わったようなボソボソ声で釘を刺した。

「……笑わないでよ。まだ描き始めたばっかりなんだから」

4章 リセットボタンを押す前に

更に二日が経過し、週明けの月曜日となっても、結局私達の入れ替わりは戻らないままだ。思いのほか長続きする謎現象に、流石に私の中にも焦りが燻(くすぶ)り始めていた。

自分の席で頬杖(ほおづえ)を突き、私は思慮を巡らす。

女子中学生〝戸張柊子〟としての生活にも慣れつつある感じだが、もちろんこのままではいけない。私の本体は今のところ安定しているみたいだけど、いつまた突発的に体調を崩すか分かったものではない。

考えられる最悪なケースは、私の肉体と共に、柊子の精神まで死んでしまうことだ。時間的な猶予は、決して長くない。柊子の家族や学校の生徒に怪しまれまいと慎重に立ち回ってきたが、そろそろ悠長に構えている場合でもなさそうだ。

非科学的な入れ替わり現象ではあるが、何の因果もなく発生したとは思えないのだ。

柊子と夏海との決別は、現状その手がかりに一番近そうに思えた。夏海と大喧嘩した柊子は、その強い後悔の念から逃避を望み、結果として私と柊子の肉体が入れ替わった。ゆえに柊子の体に入った私は、夏海との関係修復を行わなければならず、それが果たされることで入れ替わりは戻る——私が選ばれた理由はさておき、大筋の流れとしてはしっくり来る。

そのため、私はこの二日で夏海の自宅を訪れてみたが……予想通りと言うべきか、容赦のない門前払いを食らっただけだった。

『私は柊子と話すことなんてない』

『柊子と関わる時間がもったいないし』

……正直、女子中学生にボロクソ言われて、流石の私も心が折れそうだ。それでも、今は他にやれることはない。夏海から余計に嫌われるリスクを負ってでも、しぶとく食い下がるべきだ。

だけど、もしそれでも入れ替わりが戻らなかったら——

「五十嵐(いがらし)さん。金曜日の掃除当番、お忘れになっていたようですね」

教室中に凛と響く声で、私は現実に引き戻された。

背後を見ると、腕組みをする淡河真鴇と、五十嵐という背の高い女子生徒が対峙(たいじ)している。真鴇の冷たい視線に射竦められながら、五十嵐は反論を試みる。

「わ、私、塾があるから休むってちゃんと言いました!」

「言い訳は結構ですよ。用事があってできないのなら、五十嵐さんが代役を立てるのが筋でしょう?」

真鴇の威厳に満ちた声音は、頭半分ほどの身長差を全く感じさせない。同学年の中学生なのに、その有様はまるで教師と生徒だ。

五十嵐は助けを求めるように四方八方に視線を走らせ、泣きそうな顔で抗議する。

「大体、おかしいじゃないですか！　こんなルールをいきなり決められたって、とても納得できません！」

「私は全校生徒から選ばれて生徒会長になっているのですよ。『クラスの成績下位者十名が雑務を請け負う』というルールについても、我が校の生徒の向学心を養うため、生徒達の信任を得た上で施行しているのです。ねぇ皆さん、私は何か間違ったことを言っていますか？」

真鴇がそう呼びかけると、クラスメイトはビクリと体を震わせ、一斉に真鴇達から視線を背けた。反論の声は、一つとして上がらない。

真鴇は愉悦の表情を湛え、優雅な所作で口元に指を当てる。

「ほうら、これが答えですよ。不満があるのなら、五十嵐さんが成績を伸ばすか、生徒会長になってルールを変えればいいだけのことでしょう？　その程度の努力も無しに、私に八つ当たりするなんて、見苦しいですよ」

そして、自分の席へ向かう道すがら、すれ違いざまに告げた。

「素直に過ちを認めて反省しなかったペナルティです。二学期の間中、五十嵐さんは毎日一人で掃除当番を担当すること。口答えは一切認めません」

真鴇は文庫本に没頭してしまう。

「そんな……！」

愕然とする五十嵐に、もはや一切の興味を示すことなく、真鴇は文庫本に没頭してしまう。

五十嵐は涙を堪えるように唇を噛み、一目散に教室の外へと飛び出してしまった。

途端、私の体が、考える前に動き出していた。

「待って、五十嵐さん！」

昇降口の前で五十嵐に追い付き、私は彼女の肩に手をかけた。

振り返った五十嵐の顔は、涙に濡れていた。

「放してよ！」

私の手を振りほどいた五十嵐は、力尽きたようにその場にくずおれてしまう。

しきりに目元を拭いながら、五十嵐は悲痛な声を上げた。

「戸張さんだってこれまで何も言わなかった癖に！　どうせ、淡河さんと一緒に陰で私のこと笑ってるんでしょ！　もういい！　こんな学校、もうたくさんだよ！」

絞り出すようなその声に、私は胸が締め付けられるような気持ちになった。

五十嵐の両肩に手を置き、まっすぐ目を見て呼びかける。

「落ち着いてよ、五十嵐さん！　私の話を聞いて！」

少しだけ冷静さを取り戻した五十嵐に、私は穏やかな声で言った。

「あの、私も手伝うよ、掃除当番。二人の方が、すぐに終わるでしょ？」

「え？　どうして戸張さんが……」

泣きやんだ五十嵐に、私は優しく微笑みかける。

「いくらルールで決められたことだからって、一人に押し付けるなんて間違ってると思う。みんなで楽しく勉強できなきゃ、学校に通う意味なんてないじゃん……それに、ね」

私は一転して真剣な面持ちになり、五十嵐に言った。

「掃除の時に、訊きたいことがあるんだ。五十嵐さんからすれば変な話に聞こえるかもしれないけど、その変な話に付き合ってもらえないかな？」

訊きたいことというのは、もちろん柊子のことだ。恩を売るみたいな形になってしまったが、できるだけ他の人の耳に入らない形の方が、私としても都合がいい。

五十嵐は尚も戸惑いつつ、ぎこちなく頷いた。

「う、うん、別に構わないけど……」

その言葉に安心した私は、蹲る五十嵐に手を貸し、彼女を立ち上がらせた。

五十嵐と共に教室に戻った私は、突然飛び出したせいか、やけに注目されているように感じた。

その視線を敢えて無視し、私は真鴇の席に歩み寄る。

「淡河さん」

真鴇は文庫本から目を離そうともせず、素っ気なく応じてくる。

「何ですか？　五十嵐さんのことなら、撤回する気は毛頭ありませんので」

「それもあるけど、今はとりあえずいいの。それより、訊きたいことがあって」

言いたいことがないわけではないが、生徒達が自主的に決めたことに、本来部外者である私が口出しする権利はない。何より、今は柊子との入れ替わりの解決に集中するべきだ。

私は先日の真鴇とのやり取りを思い出し、尋ねた。

「前に、夏海と私が不釣り合いだって言ってたよね。それって、具体的に何がどう釣り合ってないと思うの？」

そこで真鴇は文庫本から目を離し、私を見上げた。

驚きと困惑が混じったような表情で、真鴇は問うてくる。

「……一体何なんですか、戸張さん。当て付けのつもりですか？」

「当て付けって、何の？」

何も知らない私は、質問に質問で返すことしかできない。

数秒の気まずい沈黙を経て、真鴇は聞こえよがしの溜息を吐いた。

「霧島さんは、あろうことか中学生にもなって、『冬に咲く満開の花』などというものの存在を本気で信じ込んでいたのですよ」

「……冬に咲く、花？」

真鴇の言葉が、私の中で妙に引っかかった。

復唱して確信した。どこかで小耳に挟んだだけじゃない。その言葉からは、私と密接に繋がる懐かしさと温かさを感じる。

既視感めいた感覚の正体を手繰ろうとする私に、真鴇は嘲笑めいた口振りで続ける。

「植物が花を咲かせるのは、人間のためではなく、暖かい季節に鳥や虫を誘って花粉を運ばせるため。小学校の理科の授業で学ぶことでしょうに、まさに文字通りのお花畑と言いますか……そう一笑に付したのは、戸張さん、他でもないあなたじゃないですか」

真鴇への相槌も忘れ、私は俯けた口元に指を当てて思考する。

――そっか、それじゃ、二人のあの口論って……

柊子が言った『夏海が夢見ている景色』とは、画家という目標の比喩ではなく、文字通りの景色のことだったのだ。

そのキーワードを胸に刻み込み、私は真鴇に重ねて問う。

「じゃあどうして、夏海はそんなことを信じていたの？」

真剣な私の問いかけを、真鴇は肩を竦めて適当に往なす。

「私の知ったことではありませんよ。霧島さんのように、道楽に現を抜かすばかりで学がない生徒は、ありもしない幻想に心を蝕まれてしまうのでしょう。そんな人間と同レベルに落ちないためにも、付き合う人間は厳然と選別されるべきなのですよ」

「淡河さん、私から話を振っておいて悪いけど、もうちょっと言葉を選んでもらってもいいかな？」

思わず、私は強い口調でそう口走っていた。

中学生にムキになるなんて、大人失格かもしれない。それでも、真鴇の身勝手な物言いに、私の心はムカムカとささくれ立ち始めていた。

私は深呼吸を一つしてから、真鴇に訴えかける。

「冬に咲く花が存在しないって、どうして断言できるの？　世界のどこかにはあるかもしれないじゃん。今は無くたって、長い年月をかけた植物の進化が、明日にでも実を結ぶかもしれないじゃん。そういう希望を持つことって、そんなに悪いこと？」

真鴇は値踏みするような目で私のことを見つめてから、呆れたように首を横に振った。

「……私の見込み違いでしたね。失望しましたよ、戸張さん」

そして、読みかけの文庫本に手を付け、視線を落とす。

もはやこちらのことを見ようともせず、真鴇は冷たく言い放った。

「まあ、それならそれで結構ですよ。愚か者の道を歩みたいのなら、どうぞご自由に」

答えになっていない答えで会話を打ち切られた私は、せめてもの抵抗として、荒々しい鼻息で応じてやった。

「……ふーんだ」

いろいろ言ってやりたいのは山々だが、休み時間も終わりに差しかかっているし、中学生の挑発に乗ってしまえばそれこそ大人げない。それに、必要な情報は得た。

自席に戻った私は、自分を宥めすかす意味も含め、先ほどの既視感について思考を巡らせていた。

――夏海ちゃんが言っていた『冬に咲く花』って、もしかして……

放課後の掃除当番には、意外にももう一人名乗り出てくれた者がいた。

気弱そうな女子生徒に、五十嵐は眉尻を下げて問う。

「本当にいいの、雪村さん？」

「気にしないで。私も今の学校は、何か変だと思ってるから」

雪村という女子生徒は、控えめに頷いてそう言った。

真鶴は全校生徒の総意だとばかりに胸を張っていたが、やはり不満を持つ生徒はそれなりにいるようだ。この学校に潜む歪さが、段々と見えてきた気がする。

黙々と掃除を行う中、私は話題づくりを兼ねて二人に質問した。

「二人は生徒会選挙の時、淡河さんに投票したの？」

「うん。淡河さん、すごく頭がいいし、一年生で会長に立候補するなんて立派だと思ってさ。リーダーシップも強いから、最初はすごく期待していたんだ」

黒板を掃除する雪村は、悲しげに顔を俯け、そう答えた。

窓を拭く五十嵐もまた、肩を落とし、深い溜息を吐く。

「実は私も、生徒会長は淡河さんに投票していたんだよね。別に上級生に不満があったわけじゃないけど、クラスメイトっていう贔屓目もあったし、所詮は中学校の生徒会じゃん。誰が当選しても、少なくとも極端に悪くなることはないって思ってたんだけど……当選後にあんな風に豹変するなんて、夢にも思わなかったよ」

二人の語り口は、さながらお通夜ムードだ。入れ替わって一週間に満たない私でも、真鴇の壮絶さの片鱗が窺える。

私は人差し指を立て、敢えて楽観的に言ってみた。

「でも、ああやって淡河さんの本性が明らかになったんなら、次の落選は決まったようなものじゃない？」

才色兼備の社長令嬢であろうと、生徒会長は選挙で選出される。傲慢さが露呈した真鴇に、わざわざ投票する道理はないはずだ。

しかし、安心させようと言ったその言葉にも、二人の表情は険しいまま。

「どうだろう……言っちゃ悪いけど、希望的観測じゃないかな」

五十嵐は窓拭きの手を止め、ガラスに映った自分の顔をじっと見つめる。

「この掃除当番なんかもそうだけど、淡河さんの決めたルールは、大体全校生徒の三分の二が得をするようになってるんだよ。戸張さんとか雪村さんみたいな多数派で、こういう少数派への押し付けルールをおかしいと思ってくれる人は、かなりレアだと思う。半分以上の生徒が淡河さんの味方なら、次も普通に当選するよ」

答える五十嵐は、あくまで冷静だ。

黒板掃除を終えた雪村が、五十嵐の後を継いで言葉を紡ぐ。

「あと、カリスマ性っていうのかな。淡河さんって、妙に人を惹き付ける力があるんだよね。いつも自信満々で話し上手で、おまけに美人だから、話を聞いていると、だんだん淡河さんの言うことは全部正しいんじゃないかって気がしてくるんだ。押し付けられる側の人の中にも、淡河さんに肩入れしてる人は結構いるんじゃないかな……」

「いるね、それ。私も時々、呑まれそうになることあるし」

五十嵐は苦々しい顔で雪村に同意した。この学校の在り方に、何となく社会の縮図を感じてしまう。

私は脳内で情報を整理し、別の質問をぶつけてみた。

「あのさ、二人とも。変なことを訊くみたいだけど、私と淡河さんって、いつから仲良くしていたか覚えてる？」

「え？　そんなこと訊いてどうするの？」

雪村に不思議そうに訊き返され、私は曖昧に頭を掻く。

「いきなりごめん。でも、どうしても知りたいことなんだ。その、周りから私がどう見えているのかってことが」

「えぇ……？　本当に変なこと訊くんだね、戸張さん」

五十嵐は訝しげに眉根を寄せつつも、天井を見上げて話し始めた。

「大体二週間くらい前から、かなぁ。淡河さんと一緒にいるようになったり、楽しそうに話をするようになったり。二人とも、少なくとも一学期の間は、あんまり接点ない感じだったと思うんだけど」

「私も似たような感じかな。こう言っちゃアレだけど、戸張さんも淡河さんもあんまり親しい人が多いイメージじゃなかったから、意外だなって思ってて……だけど戸張さん、先週から急に塞ぎ込むようになったよね。淡河さんとも話をしなくなったし」

五十嵐の言葉に首肯し、雪村はそう言った。

五十嵐は私のことを穴が空くほどに見つめ、不思議そうに首を傾げた。

「でもここ最近、また何か印象が変わったよね。クラスメイトに積極的に話しかけるようになったり、今日みたいに淡河さんに啖呵（たんか）を切ったり。それと何か関係あるの？」

「い、いやぁ、まあ関係あるというかないというか……あはは……」

下手くそにごまかす私が可笑しかったのか、五十嵐と雪村は肩の力を抜いて笑った。

「ま、いろいろあるよね、戸張さんにも」

「でも、今の楽しそうな戸張さんの方が、私はずっと好きだな」

「えへへ、それほどでも」

中学生のお世辞に調子に乗りつつ、私は残りの思考領域を働かせる。

十中八九、その塞ぎ込んだタイミングで、柊子は夏海と喧嘩したのだろう。入れ替わりのタイミングとも符合するし、夏海との喧嘩がこの入れ替わりに大きく関与していることは、間違いなさそうだ。

柊子は夏海との喧嘩について、真鴇の影響もあるという風に言っていたけど、これまでの経過から考えると、とてもその程度で済む話とは思えない。初登校の日、私は真鴇がクラスメイトからいじめられているのかと思ったけど、実態は真鴇が全校生徒をいじめていると言ってもいい状況だったのだ。

例えば……真鴇が何らかの理由と手段で、成績の良くない夏海を貶(おとし)めようとし、それがバレそうになったため疑惑を柊子に擦(なす)り付(つ)けたとしたら。二人は何も知らないままいがみ合い、それが夏海の不登校の原因になったとしたら。後になって全てを悟った柊子だったが、既に事態は取り返しが付かなくなり、その強い後悔が入れ替わりの原因であるとしたら。

この仮説なら、一応話の筋は通る。入れ替わりの解決に際し、真鴇との衝突が発生するとしたら、五十嵐に出した助け舟も何かの取っかかりになるかもしれない。

しかし、それはそれで疑問が残る。二人の喧嘩の原因が、校内で悪名高い真鴇の仕業だけによるものなら、そのことを素直に話して和解すればいい話だ。夏海があそこまで頑なに拒絶する理由や、柊子が私に詳細を隠す動機としては弱い。それに、私が柊子との入れ替わり対象に選ばれた理由も、まだはっきりしていない。

ただ……最後に関しては、私には少し心当たりがあった。そしてそれは、私が真鴇に対して強く反発した理由でもあった。

柊子と夏海は、私と同じ小学校の出身。

そして、その夏海が夢見ていた、冬に咲く満開の花。

それがもし、私の心当たりと同じであるならば、或いは――

放課後、私は柊子の病院や夏海の自宅ではなく、とある公立小学校に向かっていた。

私が卒業した母校だ。柊子の自室には、この小学校の卒業アルバムがあり、そこには夏海の顔写真も載っていた。二人と私に接点があるとしたら、恐らくここしかない。

職員室を訪れ、私は応対した事務員に挨拶する。

「すみません、私、卒業生の戸張柊子と申しまして……」

「あらあら、戸張さん？　元気にしてた？」

事務員の背後から、年配の女性教師が、私に声をかけてきた。

私の知らない教師だが、柊子がお世話になった先生だろう。

「はい。母校が懐かしくなって、校内見学をしたいんですが、いいですか？」

教師は断るどころか、満足そうな笑顔でゆったりと頷いた。

「もちろん。戸張さん、本当にこの学校が好きなのねぇ。卒業してからもちょくちょく顔を出してくれて、とても嬉しいわ」

「………えっ？」

私は耳を疑ったが、教師はそれ以上何も言わず入校許可証を渡してきたので、私はやむなく用事を済ませに行くことにした。

目的地は、三階の渡り廊下。そこは児童の絵画や彫刻といった作品が沢山並ぶ、ちょっとしたギャラリーになっていた。私が入学するずっと前からあるもので、図工の授業やコンクールで優秀な成績を収めたものが、ここに展示される。

私の絵も、冬休みの絵画コンクールで優秀賞を収め、ここに展示されていた。

タイトルは、『冬に咲く花』。舞い散る雪の中で咲き誇る桜を描いた、私にとっても思い入れの深い一作だ。

だが、ここにその『冬に咲く花』の絵はなかった。十年以上も経ったから撤去されたのかと思ったが、私の絵より古い作品は、いくつも残っている。

職員室に戻った私は、件の女性教師に声をかけ、許可証を返却がてら訊いてみた。

「あの……三階の渡り廊下に飾ってあった、『冬に咲く花』の絵って、もう撤去されちゃったんですか？」

そもそもこの教師が、『冬に咲く花』の存在を知っているとは限らない。

ほとんどダメ元の質問だったが、教師は意外にも即答してくれた。

「ああ、あの絵なら、ちょっと前に作者の親族さんが持って帰ったって聞いたわ」

「え？」

「今の子ども達にもすごく人気でねぇ。とてもいい絵だったから、ずっと飾ってほしかったけど、仕方ないわよね」

女性教師は惜しむように遠い目をするが、あの絵の作者は私だ。当然、自分で持ち帰ってなどいないし、家族の誰かにそう伝えた記憶もない。

逸る気持ちを抑え、私は重ねて尋ねた。

「その親族さん、どんな人か覚えてないですか？」

「ごめんなさいね、私が応対したわけじゃないから、詳しいことは知らないの」

「そう、ですか……」

言葉を失う私の代わりに、今度は教師の方から私に話しかけてきた。

「そういえば、霧島さんは元気？」

「あ、はい、それなりに……」

心配させないよう無難に答えると、教師は昔を懐かしむように目を細めた。

「あの子もあの絵がすごく好きだったからねぇ。たまには二人で遊びに来てね」

女性教師のその言葉は、別れた後も私の耳から離れなかった。

日に日に冬も深まり、東の空には既に星が見えている。これから夏海や柊子に会いに行く時間はなさそうだ。

暮れなずむ町並みを歩きながら、私はこれまでの情報を整理する。

私と柊子に訪れた、謎の入れ替わり現象。

小学校からの親友だったはずの、柊子と夏海の決別。

夏海が夢見た『冬に咲く花』の景色。

画家を志した夏海と、植物学の研究者を志した柊子。

私が描き、小学校に展示されていた『冬に咲く花』の絵の喪失。

それらの裏に見え隠れする、淡河真鴇の影。

少しずつ——必要なピースが揃ってきた気がする。

翌日の放課後、私は夏海の自宅を訪れたが、今日はインターホンを押しても誰も出なかった。

不登校とはいえ、夏海がいつも家にいるとは限らない。また明日出直そうと思ったが、その前に私は夏海の親が経営するケーキ屋に向かうことにした。

入院生活で飽き飽きしているだろうし、柊子のお見舞いにケーキを持っていくのもいいかもしれない。いや、決して私が食べたいだけとかそういう話ではなく。

夏海の自宅の裏手が、そのままケーキ屋になっている。自動ドアをくぐった私は、甘い匂いと共に視界に映った人影に、思わず目を見開いた。

「……夏海？」

夏海は可愛らしいエプロンを着用し、カウンターの向こうに立っていた。どうやら今日は店番を担当していたようだ。

夏海もまた、私の来店に驚きの表情を見せたが、すぐに威嚇的な顰めっ面で問いただしてくる。

「……また柊子？　今日は何の用？」

突き放すような物言いだが、私は躊躇わずカウンターの前に立ち、真剣な面持ちで切り出した。

「夏海と話したいことがあるんだ。少しだけ時間を割いてもらえないかな？」

柊子のこと。真鴇のこと。『冬に咲く花』のこと。夏海に訊きたいことは山ほどある。

私の要求に、夏海は目の前のレジを指差して言った。

「無理。私、見ての通り、店番してるから」

「じゃあ、私も手伝うよ。一人より二人の方が楽でしょ？」

「いいよ、どうせお客さんほとんど来ないし。素人に手伝われる方が迷惑」

「そっか、ならお手伝いが終わるまで待つよ。それならいいでしょ？」

私が徹底して食い下がると、夏海はようやく折れ、呆れた様子で呟いた。

「……勝手にすれば」

私はショートケーキと紅茶を注文し、店内のイートインコーナーで時間を潰すことにした。

ちびちびと申し訳程度にケーキをつまみ紅茶を飲みながら、一時間ほど粘ったが、夏海は客対応ばかりでこちらに目もくれようとしない。隣のボックス席から聞こえてくる女子高生の楽しげな声が、今の私には重く感じられる。

夏海も夏海でなかなか強情だ。もう少し待ってみてダメなら、今日はもう柊子の所に行った方がいいかもしれない、と私が思い始めた頃。

「夏海。あんたも不貞腐れてないで、お話しくらいしてきなさい」

厨房から女性パティシエが現れ、夏海を窘めた。

唇を尖らせ、夏海は反発する。

「お母さんには関係ないじゃん。私達の問題だし」

「だから今まで放っておいたんじゃないの」

夏海の母の顔には、非難だけでなく夏海を気遣う気持ちも表れていた。

私の方をチラと見てから、夏海を説き伏せるように続ける。

「でも夏海、あんた何かきっかけがないと、ずっとそのままでしょ。話さなきゃならないことがあるなら、面と向かってちゃんと話しなさい。『全部言わなくたって分かってくれるはず』なんて、甘えた子どもの言い訳なんだからね」

尚も無言に徹する夏海に、夏海の母親はショーケースから手早く適当なケーキを皿に取り分けると、紅茶と一緒に盆に載せ、夏海に無理やり押し付けた。

「お疲れ。ケーキでも食べて、休憩してきなさい。それならいいでしょ?」

「……分かったよ」

ケーキを受け取った夏海は、渋々といった面持ちで私のテーブル席に歩み寄り、向かい側に座った。

ぶすくれた顔でケーキを食べる夏海に、私は折を見て話しかけた。

「……あの、夏海」

向かい合う夏海の気持ちを推し量り、私は深く頭を下げた。

「本当にごめん。私のひどい勘違いと心無い言葉のせいで、夏海をものすごく悲しませたこと、本当に反省してる。だけど……少しずつでも、前みたいな友達に戻りたいんだ。そのための償いなら、どんなことだってやってみせるから」

切実に訴える私に目もくれず、夏海はケーキを口に運ぶ手を止めようともしないで吐き捨てる。

「嘘ばっかり、そんなの口先だけのくせに」

私はガバッと顔を上げ、即座に切り返した。

「嘘じゃないよ！　教えてよ、私が何をすればいいのか――」

「じゃあ、あの『冬に咲く花』の絵を返してよ！」

しかし、私の台詞は半ばのところで遮られてしまった。

強い語調で放たれたその単語に、私はつい気圧されてしまう。

「冬に、咲く……」

真鴇の台詞に、小学校に飾られていた絵の喪失、そして夏海の『返して』という言葉。

三つの点が私の中で繋がり、一つの線となる。

しかし、確信を得た私が口を開く前に、夏海は『そら見たことか』と言わんばかりに鼻を鳴らす。

「ほら、やっぱりできないじゃん。これで分かったでしょ。私と柊子は、もうどうしたって仲直りなんかできないの」

「ま、待って、違うの、私は……」

慌てて取り為そうとするも、夏海は煩わしそうに頭を振るばかり。

「何も違わないし。そもそも勘違いだとか心無い言葉だとか言ってる時点で、柊子は致命的にずれてるんだよ。そんなこと全部分かってて、その上で私は不登校の病院通いになってるの。こうして柊子と話してる内に、また私が救急車で運ばれるようなことがあったら、どう責任を取るつもりなの？」

「………………」

「……まあ実際、言うほど大した症状でもないし、半分くらいは仮病みたいなものなんだけどさ」

沈黙する私に多少同情したのか、夏海は小声でそう付け加えた。

そして、短く息を吐き出して仕切り直すと、きっぱりと言い放つ。

「とにかく、そういうことなの。柊子も早いところ、不登校の私のことなんか忘れて、ちゃんとした学校の友達と仲良くした方がいいよ。淡河さんみたいなさ」

そう言い、夏海はケーキを半分以上残したまま、盆を下げようとしてしまう。

私は立ち上がろうとした夏海の手首を掴み、彼女を制した。

「待って、夏海！」

私を見る夏海は、忌々しげに眉根を寄せている。

その視線に、私は真っ向から立ち向かい、はっきりと言い切ってみせた。

「絵のことなら、何とかする。卒業生の作者さんを探して、私が土下座でも何でもして、同じ絵を描いてもらう。だからその時、また考え直してもらえないかな？」

先ほど私が黙り込んだのは、不可能だと諦めたからではない。夏海との仲直りの糸口を掴みかけ、しかしそれを夏海に伝えるための言葉が、咄嗟に見付からなかったのだ。

私が描いた『冬に咲く花』は、柊子と夏海の喧嘩に密接に関わっている。そして恐らく、私と柊子の入れ替わりにも。この手がかりは、絶対に手離してはならない。

食い下がる私を、夏海は訝しげな目付きで見据えてくる。

「……どうしてそこまでするの？　私と付き合ったって、柊子には何のメリットもないのに」

「メリットとか関係ないよ。夏海のことも、『冬の咲く花』のことも、私はこのまま諦めたくない。私はもう一度、夏海と一緒にあの景色を目指したいんだ」

その言葉を聞いた夏海は、目を見開き、喉をひくつかせた。

静かに俯いた夏海の肩が、とめどなく震える。

「そんな……そんなこと……」

　そして夏海は、両手をテーブルに叩き付けると、猛然と立ち上がって叫んだ。

「今更そんなこと、言わないでよ！」

　絶叫する夏海は、泣いていた。頬を伝う涙が、紅茶のカップに滴り落ちる。

　必死に耐えるように歯を食い縛る夏海に、私は思わず息を詰めてしまった。

　気圧された私は、呆然と一言呟くことしかできない。

「夏海……」

　そんな私に同情の一つもくれることなく、夏海は激情の限りを尽くして吼（ほ）えた。

「柊子のせいで、私は絵を描けなくなったの！　ウチは余裕がないから、美術の学校に行くためには実績を出して奨学金をもらわなきゃならないのに、それすらできなくなっちゃったんだよ⁉　それが何？　今更罪悪感が湧いたからって、都合よく許されようとしないでよ！　そんな口先の言葉をいくら並べられても、私は何一つ救われないんだよ！」

　店内が、シンと静まり返った。

　耳鳴りがするほどの静寂の中、女子高生のグループがそそくさと退店し、夏海の母はカウンターの向こうから心配そうに私達の様子を窺っている。当の私はと言えば、情けないことに、夏海の剣幕に圧倒されて口を噤（つぐ）むことしかできずにいた。

　感情を爆発させて落ち着いたのか、夏海は椅子に座り直し、荒っぽく涙を拭って無感動に言った。

「もういい。この際だから言っておくけど、私、三学期から転校するつもりだから」

「えっ……て、転校⁉」

何気なく言われたその単語に、私はひどく狼狽した。

自棄食いのように残ったケーキを口に押し込む夏海は、まるでそうすることで感情さえも飲み込もうとしているかのようだ。

スポンジの塊を紅茶で流し込み、夏海は続ける。

「まだどこの中学になるかは決まってないけど、少なくとも雲雀島中学に戻るつもりはない。だから、柊子が今やってること……ううん、これまで私に対してやってきたことも全部、ただの徒労なの。……こんなこと、わざわざ言いたくなかったのに……」

夏海の言葉はどこまでも味気なく、狂言の類ではないと確信するには充分だった。

思いがけない展開に、私は尚も放心状態から抜け出せずにいる。

「そんな、徒労だなんて――」

私の間の抜けた顔を、夏海は口先だけで笑い飛ばす。

「何、その顔。そんな驚くことじゃないでしょ。柊子と私は性格が違えば、得意なことも違うし、目指す夢も違う。そんな二人が親友になれるなんて考えが、そもそもの勘違いだったんだよ。二人とも、在るべき形に戻るだけだし、それがお互いのためになる。

そう気付けたって思えば、むしろこれはラッキーなことだったんだよ」

それはまるで、私がこれまで社会人として何度も耳にし、嫌悪してきた諦観の言葉のように聞こえた。

我知れず、私は爪が食い込むほどに拳を握り締めていた。

──そんなラッキー、私は絶対に認めない！

「そんなことない！」

今度は私が椅子を蹴って立つ番だった。

店の迷惑も顧みず、私は語気強く訴えかける。

「性格も、得意なことも、目指す夢も違っていたって、本当の友達になれる！　私は、そう信じているから！」

夏海もまた、苛烈な表情で立ち上がると、同じ視線で私を睨み付けてくる。

「どの口でそんなことを……！」

「じゃあさ、夏海はどうなの？」

機先を制し、私はそう切り出した。

出鼻を挫かれた夏海に、私は続けて畳みかける。

「在るべき形、お互いのためっていうけど、夏海はどうしたいと思ってるの？　私はこれまで夏海と話してて、すごく楽しかった。素っ気なく突っぱねられもしたけど、いつか笑って話せる日がくるかもしれないって思うと、それも含めて楽しかったよ。夏海は、本当にそう思わなかった？」

「それ、は――」

夏海が口ごもった一瞬、私は夏海との距離を一気に詰めた。

私が間違っていた。赤の他人である私に、柊子の代わりに仲直りさせるなんて芸当ができるわけがない。私がやらなきゃならなかったのは、病院での立ち合いの下、夏海に入れ替わりの事実を信じさせ、再び打ち解けるための仲立ちをすることだったのだ。

そんな当たり前のことに今更気付き、この上ない歯痒(はがゆ)さを覚えるが、この瞬間を逃したら本当に取り返しが付かなくなる――私はそう直感していた。

鼻が触れそうな距離で目線を合わせ、私はたじろぐ夏海に捲し立てた。

「ねぇ、私、実は夏海ちゃんに話してない大事なことがあるんだ。とても信じられないようなことだから、今まで黙っていたけど、やっぱり夏海ちゃんには全部話しておきたいと思う。今日、このあと時間ある？」

「い、いきなり何？」

「どうしても夏海ちゃんに来てほしい場所があるんだ。大事なことは、そこじゃないと伝わらない。一時間くらい、私に時間をもらえないかな？　それでも考えが揺らがないなら、私は今度こそ夏海ちゃんの望む通りにするって約束するよ」

病院で真実を話したところで、簡単には信じてもらえないだろう。それでも、どうせ無理だと投げ出していたら、それこそ今までの努力が全て無駄になってしまう。

私の真剣さに気圧された様子で、夏海は助けを求めるように視線を泳がせる。

「……今日はもうこんな時間だし、店番もあるし……そ、それにいきなりそんなこと言われたって、心の準備が……」

「じゃあ、いつなら大丈夫そう？」

「あ、明日なら、一日暇にしてると思うけど……」

夏海の言質(げんち)を取り、私は満面の笑みで頷いた。

「分かった！　それじゃ、明日ね！　絶対だよ！」

そして私は気を取り直し、豪快にケーキを頬張った。時間が経ってケーキも紅茶もぬるくなってしまったが、そんなことも全く気にならないくらい美味しい。

生クリームと柑橘(かんきつ)系の甘酸っぱさの見事なハーモニーに、私は喜色を露(あらわ)にする。

「このケーキ、すっごく美味しいね！　生クリームがすごく甘いのに全然しつこくない！　スポンジに入ってるこれ、もしかしてレモンピール？」

私の絶賛を受けても、夏海は喜ぶ素振りも見せなかった。

表情がころころ変わる私を、まるで得体の知れないものを見るような目で、まじまじと見つめてくる。

「……柊子、一体どうしちゃったの……？」

ケーキを食べ終えた後で、私は病院に直行した。

明日、私は夏海を病院に連れてきて、全ての真実を話す。ゆえに今日、何が何でも柊子にその話をしておく必要があった。柊子の都合も考えず勝手に取り決めて悪いけど、遅かれ早かれ訪れるべき時だ。

病室のドアを開けると、ベッドに横たわる柊子がこちらを見てくる。

「こんにちは、よすがさん」

「……痩せたね、柊子ちゃん」

いつになくやつれている私自身を見て、私は内心でひどく焦っていた。多少は余裕があると思っていたけど、タイムリミットが近付いているのかもしれない。

柊子の精神が私の体と一緒に死んでしまったら、全てがおしまいだ。今や状況は一刻を争う。私は足早に近付きながら、柊子に話しかけた。

「いろいろ話したいことはあるんだけど……大切なことから話すね。明日、夏海ちゃんがこの病院に来る。やっぱり柊子ちゃん本人じゃないと、完全な仲直りはできないと思うんだ。一筋縄ではいかないことだと思うけど、入れ替わりを戻すために必要なことかもしれないし、もちろん私がちゃんとフォローに入るから――」

「その話ですけど、よすがさん」

私の言葉を遮り、柊子は冷めた口調で言った。

「もう、いいんじゃないでしょうか？」

目的語が省かれた発言の意図を図りかね、私はベッドの正面で立ち止まった。

「いいって、何が？」

「急いで入れ替わりを戻す必要も、ないと思うんですよ。私もよすがさんも、それなりに今の生活を送れているわけですし。原因もはっきりしない今、急(せ)いて事をし損じるより、しばらくこのまま様子見をした方がいいんじゃないですか？」

台詞を諳(そら)んじるように、柊子は淡々とそう言った。

まるで自分の体がどうでもいいと言いたげなその態度に、底知れない不気味さを感じ、私の額にじとりと汗が滲む。

にじり寄るように、私は柊子に一歩近付く。

「……何で？　柊子ちゃん、どうしていきなりそんなことを言うの？」

「別に、いきなりじゃないですよ。ただ言う機会を逃していただけで――」

パタン、という小さい音が、柊子の言葉に挟まった。

柊子が腕を伸ばし、僅かに開いていた床頭台の引き出しを閉めたのだ。それだけなら何でもない仕草なのだが、焦ったような柊子の様子が、どうにも引っかかった。

「今、何で閉めたの？」

「開いていたからです。それより、入れ替わりを戻すことについてですけど」

柊子が強引に話を戻そうとしても、私の意識は引き出しに向いたままだった。

鍵付きの引き出しは、私の財布が入っているところだ。入院中で現金は大して入っていないし、キャッシュカードもパスワードが分からないと使えない。そもそも、柊子が盗みを働くような子どもとは思えない。

……それでも、やっぱり気になる。

「……その話、ちょっとだけ待ってね」

私は背中に柊子の視線を感じながら、一息に引き出しを開け——中に入っていたものに、絶句した。

それは、大量の内服薬だった。私が朝昼晩と服用していた、様々な種類の錠剤と粉薬が、引き出し中にぎっしりと敷き詰められている。

私は引き出しをじっと見下ろしたまま、背後の柊子に尋ねた。

「……ねぇ。この薬、何？」

「飲み忘れてた分ですよ」

「看護師さんが病室まで与薬しに来るのに、飲み忘れるなんてことがある？　この数……一回や二回ってことじゃないよね？」

険を増す私の問いかけにも、柊子は一切動じない。

「退院が近いから、その分ももらったんです。心配しなくても大丈夫ですよ」

「大丈夫って何が？」

私は痺れを切らし、柊子に向き直った。

語気を強め、水かけ論に終止符を打つ。

「ねぇ、そんな嘘で私が納得すると思う？　退院後に飲む薬を、入院中にもらうなんてことがあるわけないじゃん。柊子ちゃん、何日か前から薬を飲む振りだけして、わざと飲んでないんでしょ？」

「まさか。そんなことをして、何になるって言うんですか」

柊子の答えは、尚もそんな白々としたものだ。

しかし、私は柊子がこのような行動を起こす動機に、前々から勘付いていた。

その憶測を、敢えて口にはしてこなかった。でも、もう悠長に構えている場合ではなくなってきている。

「柊子ちゃんさ、私と初めて会った時……『明日死んでも構わないって思えるように生きたい』って言った私に、『似た者同士なのかもしれない』って言ったよね」

夏海との激しい仲違い。わざと飲まなかった持病の薬。そして、柊子が今なお隠そうとしている何か。

それらを推し量り、ベッドで寝たままの柊子に、私は意を決して尋ねた。

「それってもしかして、『明日死んでも構わないくらい、人生が楽しくない』って意味だったんじゃないの？」

入れ替わった直後、私は戸張柊子の体で、教室の開け放たれた窓際に、上履きを脱いだ状態で立っていた。それはきっと、柊子が飛び降りることを考えていたからだ。

だとすると、疑念がもう一つ生まれる。柊子があの日、上の空のまま線路に落ちたのは、事故じゃなくてわざとだったんじゃないか。だからこそ線路に落ちた時、逃げようともせず、諦めたように線路に蹲っていたんじゃないのか――と。

言葉にすると、腹が底冷えするような、そんな不安な感覚に見舞われた。

柊子はしばらく、無言に徹していたが、やがて観念したように溜息を吐く。

「……何もかも、お見通しってわけですね」

そして、柊子は半身を起こし、私と向き合った。

その目は、赤月よすがのものとは思えないほど、落ち窪んで見えた。

「そうですよ。私はずっと死にたいと思っていて、わざと薬を飲んでいませんでした。そして、よすがさんには、私の体で生き続けてほしいんです」

いざその答えを聞き、私は目の前が歪むような錯覚に見舞われた。

震える脚に活を入れ、私は動揺を悟られないよう、ごく短く問う。

「……どうして？」

柊子は目を伏せ、絞り出すような声で語り始める。

「私がしてしまったことは、絶対に取り返しが付かないことなんです。夏海だけじゃなくて、よすがさんにも一生許されないような、そんなことなんです」

線路に落ちた柊子を助けた時、柊子が僅かに口ごもったことを、私は思い出していた。

――赤月、よすがさん……ですか。

柊子は入れ替わる前から、私のことを知っていた。それでいて、入れ替わった後も、その事実を隠していた。

中学生の柊子と、社会人の私を繋ぐものは、一つしか無い。

「それってもしかして、私の『冬に咲く花』に関係すること？」

私がそう問いかけると、柊子は一瞬だけ瞠目し、観念したように頭を垂れる。

「……そこまで分かっているなんて、流石ですね」

柊子の声は、涙に濡れたように震えていた。

柊子と視線を合わせ、私は続けて問う。

「『冬に咲く花』の絵がどこに行ったのか、柊子ちゃんは知ってるの？」

しかし、柊子は私と顔も合わせようとせず、俯いたまま頭を振る。

「もう無いんです。あの絵は、私が壊してしまったんです」

「……柊子ちゃんが、壊した？」

私は柊子をまじまじと見つめた。目の前で所在無げに縮こまる柊子が——もっとも、今は社会人である私の姿だが——とてもそんなことをするようには思えなかった。

私の疑問を糾弾と捉えたのか、柊子は洟を啜り、かけ布団を固く握る。

「本当に最低ですよね。よすがさんの絵を壊して、親友を裏切った挙句、未練がましくよすがさんを夏海との仲直りに利用しようとしていたんですから。でも、すぐに気付いたんです。いつも前向きなよすがさんと夏海が親友で在り続けることは、二人にとって一番いいことなんじゃないか……って。戸張柊子の人生にも、夏海の人生にも、私はもう必要ないんです」

「そんなこと、私は一度も思ったことない！」

私は言下に柊子の言葉を否定した。

確かに私は、戸張柊子としての人生を楽しんでいた。だけど、全ては私と柊子の入れ替わりを戻すためだ。こんな風に柊子に思い詰めさせ、あまつさえ人生を乗っ取るためでは、断じてない。

事情を話してさえもらえるなら、私の絵がどうなっていようと気にしない。柊子に利用されるなんて、むしろ私の望むところだ。

私は立ち上がり、切実な思いで柊子を説き伏せようとする。

「どうしてそんなに自分を悪く言うの？　夏海ちゃんとの喧嘩も、『冬に咲く花』のことも、何かどうしようもない理由があったんでしょ？　夏海ちゃん、明日になれば私達の話を聞くために病院まで来てくれるって、そう言ってくれたんだよ！　償えない罪なんて言葉で、自分を責めないでよ！」

「私が私の体に戻ったところで、何も変わらないんですよ！」

柊子は髪を振り乱し、負けないくらいの大声で反駁した。

初めて柊子が見せた激情に、私はひどく狼狽させられた。息を切らした柊子は、肩を上下させながら私を睨み付けてくる。

「断言しますが、同じことが繰り返されるだけです。私一人が苦しむだけなら、まだいい。でも、夏海がこれ以上苦しい思いをすることには、私は耐えられない。これから私の人生を生きて、夏海と親友になるのは、よすがさんじゃないと何の意味もないんです」

柊子の言葉に、躊躇いの気配はない。狂言でも何でもなく、私の代わりに死ぬつもりでいる。

押し寄せる柊子の迫力に、私は生唾を飲み込み、訊いた。

「二人に何があったの？　喧嘩の原因になった〝勘違い〟ってのは、一体何なの？」

しかし、柊子は私を見ようともせず、緩やかに首を横に振るだけ。

「答える必要なんてありません。もう、終わったことですから」

「何も終わってなんか――」

「終わっていたんですよ。本来なら、あの日に全部」

私の言葉を遮り、柊子はそう言い切った。

目を真っ赤に充血させた柊子は、かけ布団の一点をじっと見つめている。

「よすがさんが命懸けで助けてくれた日、私、『死ななくてよかった』じゃなくて、『ここで死ねば全部楽になったのかな』って思ったんです。おかしいですよね？　それで放課後に、校舎から飛び降りようと思ったら、今度はこんな入れ替わりで阻止されちゃって……でも、これは私への罰であると同時に、私達の千載一遇のチャンスなんです」

ざわ、と私の中で、何かが音を立てたような気がした。

臓腑（ぞうふ）が冷えるような感覚に陥った私は、低い声で柊子に問いただす。

「……罰？　チャンス？」

私に訊かれるまま、柊子は決意に満ちた表情で、聞き違うことなく断言した。

「はい。親友を裏切って、よすがさんの宝物を壊した、私への罰。そして、生きたい人間が生きて、死にたい人間が死ぬべきだっていう、神様がくれたチャンスなんです」

病室に、深い静寂が降り立った。

窓の向こうの枝が揺れる音さえ聞こえる静けさの中で、私はごく短く口火を切る。

「……何、それ」

私の声は、凄むような威圧感に満ちていた。

このままではいけない、と理性で思いつつも、私の口は止まらない。

「その神様とやらが夢枕に現れて、柊子ちゃんにそう言ったの？　私の体に乗り移ることが柊子ちゃんの罰だって、そう言ったの？　私、そんなこと全然聞いてないよ」

私の荒唐無稽な問いかけに、柊子は苦笑交じりに切り返す。

「そんなわけないじゃないですか。でも、こんな非科学的な現象、他に説明の付けようが――」

「ふざけないでよ！」

我知れず、私は柊子の胸ぐらに摑みかかっていた。

間近に迫った自分自身の顔に向け、私は激情の限りを尽くして言い放った。

「私は自分の体で生きることを不幸だなんて思ってない！　柊子ちゃんが自分の都合で、勝手にそう思い込んでるだけでしょ⁉　人のことをバカにするのも大概にしてよ！　『私の代わりに死ぬ』だなんて、そんなことのために柊子ちゃんは本当のことを隠していたの⁉」

唐突な私の剣幕に、柊子が驚愕したのは、ほんの数秒のことだった。

「……そんなことって、何ですか、その言い方！」

ギリ、と歯軋(はぎし)りし、柊子は臆せず私を睨み返す。

「これでも私なりに一生懸命考えたつもりです！　原因も分からない、戻し方も分からない！　それなら手遅れになる前に、一番納得できる方法を早く決めるべきです！　違いますか⁉」

「二人の喧嘩が入れ替わりの原因かもしれないじゃん！　仲直りできれば元に戻るかもしれないじゃん！　一生懸命やってるつもりなら、もっと私に協力してよ！　私は柊子ちゃんのためにこんなに頑張ってるのに、どうして分かってくれないの⁉」

「余計なお世話だって言ってるんですよ、そういうのが！」

柊子は言い迫る私を強引に押しのけ、絶叫した。

「他人事(ひとごと)みたいに恩着せがましくしないでください！　私達の喧嘩が原因だって言うなら、よすがさんがあんな絵を描かなければ、こんなことにはならなかったんじゃないですか！」

最大限の拒絶が込められたその言葉を聞いた瞬間、私の全身から力が抜けた。

柊子の胸元から手を離し、力なく椅子に座り込む。

柊子を見る私の目は、焦点が合っていなかった。

「そんな……そんなことって……」

柊子は一瞬だけ後悔したような表情を見せたが、それが何かの行動に変わるより早く、病室の向こうから声がかけられた。

「あのう、すみません、患者さんの負担になるので、もう少し静かにして頂けると……」

怯えた様子の看護師にそう言われた私は、すぐさま鞄を持って立ち上がった。

「ごめんなさい、もう帰ります」

今すぐこの場から居なくなりたいという気持ちが、そのまま言動に表れているようだった。

病室から出る直前、私は深呼吸を一つしてから、首だけで柊子を顧みる。

「明日、朝十時にここに来るから。夏海ちゃんと一緒にだよ。約束だよ」

まだ何も終わっていないと、言外の思いを込めて。

伝わったのか伝わっていないのか、いずれにしても柊子の答えは、ただ一言だった。

「いいお返事を、期待しています」

もはやこちらを見ようともしない柊子を一瞥し、私は退室する。

小綺麗な病棟を歩く私の心は、ひどい荒れ模様だった。

——そんな社会人みたいな言葉、中学生が使わないでよ。

自宅に帰った私は、ベッドに行儀悪く寝っ転がり、天井を仰いでいた。

この体でずっと生きていくことを、一度も考えなかったわけではなかった。

はっきり言って、私にとってはメリットの塊でしかない提案だ。何しろ、不自由の全くない環境で、実質的に人生をやり直せるも同然なのだ。有り体に言うなら、『強くてニューゲーム』というやつだ。記憶をそのままに人生をやり直せたら──なんてことは、誰だって一度は夢想することだろう。

しかも私の場合、持病すら帳消しにできる。病気のせいで諦めていたあれやこれやに、心置きなく挑戦することができる。

弁護士にも、医者にも、政治家にも、宇宙飛行士にも、歌手や女優やスポーツ選手にだってなれるかもしれない。

なりたい自分になれる。その権利を、あとは私の一存だけで手に入れることができる。結構なことじゃないか。死にたがりの柊子なんかより、私の方がよっぽどこの人生を有効活用できる。どうしてよりによって私が病気に──という想いは、多少なりとも私の心の奥底で蟠っていた。

柊子の言う通りだ。きっとこの入れ替わり現象は、神様が私の運命を嘆き、然るべき精神を然るべき肉体に移し替えてくれたのだ。

そもそも、薬の服用を中断している柊子は、既に自殺街道まっしぐらだ。そんなボロボロの体に戻るために、何で私が頑張らなきゃならんのだ。私の努力を全否定した、柊子なんかのために。

そんなに死にたけりゃ、お望み通り柊子が死ねばいい。それで困るのは、私じゃない。

……と、そんな露悪的な思考を巡らせていた私は。

「なーんて、思えるわけないじゃんね」

溜息交じりに独りごち、私は体を起こした。

そのまま立ち上がり、鏡の前に立ってみる。

初日より違和感は薄れたけど、鏡の中に自分ではない顔が映っている様は、ふとした時にドキリとさせられる。

戸張柊子の体は、何をどうしたところで、私のものには成り得ないのだ。

仮にこの入れ替わり現象が、お優しい誰かのお気遣いだとするなら、余計なお世話以外の何物でもない。神様だろうとぶん殴って叩き返してやる。

「子どもの体を乗っ取って、第二の人生(セカンドライフ)を満喫するなんて、完全に悪党のやることだし」

5章　分断の壁

赤月よすがは、戸張柊子にはなれない。柊子と夏海の仲違いを、私が代わりに解決するなんてことはできない。避けられない衝突だろうと、柊子本人が夏海と向き合う他ないのだ。私にできることは、あくまで二人の間に立ち、潤滑油としての役割を果たすことだけ。

柊子の助けになりたいという思いが先行しすぎて、そんな当たり前のことにも気付けなかった。でも、もう同じ過ちは繰り返さない。昨日はつい熱くなって、柊子と口論になってしまったけど、一晩が経って向こうも多少は冷静になってくれていることを祈る。

翌日、仮病で学校を休んだ私は、予定通りに夏海を連れて病院を訪れていた。

聳(そび)える白亜の建物を見上げ、夏海は不安げに問いかけてくる。

「こんな所に、何の用があるの？」

「ここに入院してる〝赤月よすが〟って人に会ってもらいたいんだ。詳しいことは、病室で話すよ」

「……赤月、よすが？」

何か訊きたそうにしている夏海をそのままに、私は病院の中へと踏み込んだ。夏海も、戸惑いがちながら素直についてきてくれている。

前日の柊子とのやり取りで、多少の不安はあったけれど、時間が経って向こうも冷静になっているかもしれない。そんな一縷の希望を胸に、私は自分の病室へと向かった──のだけれど。

「面会謝絶……⁉」

私の病室には、そんな無機質なプレートがかかっていた。

私は大慌てでナースステーションに向かい、担当看護師に事情を尋ねた。

「赤月さんねぇ、昨日の夜に発作が起こって、なかなか容態が安定しないの。もうじき退院できるだろうって時に、検査の数値がいきなり悪くなったもんだから、先生も私達もすごく驚いて……もう少し入院も延びるんじゃないかって話にもなってて」

深刻な表情で説明する年配の看護師に、私の不安がいや増していく。

「だ、大丈夫なんでしょうか？」

「とりあえず山は越えたけど、油断できない状況だから……今は安静にさせてあげてほしいかな。私達も頑張るし、またそのうち前みたいにお話できるようになると思うから」

そう言うと、看護師は自分の業務に戻っていってしまった。

まさかの事態に、私は呆然と立ち尽くすばかりだった。薬の服用拒否は言うまでもないが、柊子の抱いた強い諦観が、容態の悪化と無関係とは思えなかった。

棒立ちになる私の背後から、怪訝そうに様子を窺っていた夏海が声をかけてくる。

「柊子、何があったの？　何で赤月よすがさんの名前が出てくるの？　面会謝絶って、どういうこと？」

事情を呑み込めない夏海が、立て続けに私に質問を投げかけてくる。

私は目を閉じ、落ち着いて思考を巡らせた。夏海に確実に信用してもらうには、柊子の立ち合いが必須だった。容態が安定してから出直す手もあるが、最悪の場合、このまま私の肉体が限界を迎える可能性もある。

私一人でも、今やれることは全部やるべきだ。たとえそれが、ほんの僅かな前進でも。

私は覚悟を決めて目を開け、柊子に切り出した。

「ねぇ、夏海ちゃん。大事な話があるの。私についてきて」

いつもと違う様子に気付いたらしく、夏海は黙って私の後についてきてくれる。院外に出た私は、人気のない敷地内遊歩道へ。

ソメイヨシノの裸木の下に辿り着くと、私は深呼吸し、胸に手を当てて告白した。

「無茶苦茶な話に聞こえるかもしれないけど、最後まで聞いてほしいんだ。私は実は、戸張柊子じゃないの。私の本当の名前は、赤月よすが。持病の悪化で入院したんだけど、その時なぜか、私と柊子ちゃんの精神が入れ替わってしまったの」

そして、私は全ての経緯を説明した。

電車に轢かれかけた柊子を助けた後、私と柊子の精神が入れ替わってしまったこと。突拍子もない現象に狼狽えつつも、ひとまずお互いに普段通りの生活を送ると決めたこと。柊子と夏海の喧嘩について知ったこと。その罪悪感から、柊子が入れ替わった私の体のまま死のうと考えていること。

話を聞いている時の夏海は、終始ポカンとした表情のままだった。信じてもらえているかどうか判然とせず、もどかしい気持ちはあったが、今は一通りの説明に専念するべきだと考え、私は一方的に話し続けた。

要点は絞ったつもりだったけど、たっぷり十分ほどかかってしまった。

「……これが、今日まで起こったことの全部。信じられないかもしれないけど、本当のことなんだ」

しかし、私が話し終えても、夏海はしばらく口を閉ざしたままだ。

三十秒、一分と、私は緊張の面持ちで、夏海の答えをじりじりと待ち続ける。時折吹き寄せる寒気が、肌を刺すように痛い。

やがて夏海は、私から目を背け、突き放すように言った。

「……そう。よすがさんと打ち合わせをして、そういうことにしたんだね」

何を言われたか理解できず、私は呆けた声を上げた。

「……え？」

そんな私に背を向け、柊子は小馬鹿にしたような口調で嘯く。

「なんかショックだなー、まさか柊子がこんな茶番劇みたいなことするなんてさ。それで肝心のよすがさんが容体悪化するとか、本末転倒っていうか都合がいいっていうか。柊子って、どうしてそう昔っから回りくどいんだか」

気温によるものではない寒気に、私は暫し言葉を失った。

ひどく狼狽しながらも、私は必死に夏海を説得する。

「ちょっ、ちょっと待ってよ、夏海ちゃん！　私の言ったことは全部本当で――」

「ああそう、じゃあアレ？　現実逃避で作られた都合のいい妄想だとか、二重人格だとか、そういうヤツ？　別にどっちでもいいし、そんなの。この際だからはっきりさせとくけど、柊子と付き合うのは、もううんざりなんだよ。それじゃ、私はもう帰るから」

息が浅くなる私などお構いなしに、夏海は背を向けたまま、ひらひらと手を振って立ち去ろうとした。

私は拳を握り、ゆっくり、深く息を吸い込む。

――柊子ちゃんも夏海ちゃんも、私の気も知らないで……！

私は蟠る感情と肺の空気全てを使い、遠ざかる夏海の背中に向かって絶叫した。

「こっちを見てよ、夏海ちゃん！」

敷地外まで響き渡ったかと思うほどの大声だった。

夏海が振り返った時には、私はもう彼女の眼前に詰め寄っていた。

涙目の私に詰め寄られ、たじろぐ夏海に、私は財布から取り出したものを突き付けた。

「これは……？」

怪訝な表情で受け取った夏海に、私は目尻を拭って言った。

「本当の私の名刺。赤月よすがは、この会社に勤めてる。会社のことでも、私のことでも、答えられることなら何でも答えるよ。会社に直接行くか、この番号に電話して聞けば、矛盾があるかどうかはすぐに分かるはずだから」

震える手で名刺を持つ夏海は、強く葛藤しているように見えた。

やがて、その私の名刺から目を背けた夏海は、それを私に突っ返そうとする。

「……そんなの、証拠にならない。名刺をよすがさんからもらって、簡単なプロフィールを教えてもらっただけかも……」

「ねぇ、夏海ちゃん。確固たる証拠は、確かに突き詰めれば示せないよ。でも、柊子ちゃんがそこまでして、夏海ちゃんを騙そうとすると本気で思うの？」

私は少しだけ語気を強め、はっきりと夏海に問いただした。

夏海は葛藤の表情を浮かべつつ、たどたどしく訊き返してくる。

「……仮に、仮にだよ。あなたが本当に柊子じゃなくて、その赤月よすがさんだとして、それを私に話して何になるっていうの？」

「柊子ちゃんと夏海ちゃんの喧嘩が、入れ替わりの原因じゃないかって、私はそう思ってるんだ」

本題はここからだ。私は目元を袖で拭い、毅然とした面持ちで口を開く。

「最初は、柊子ちゃんと入れ替わったのがどうして私なんだろうって思った。だから、いろいろ調べてみたの。そしたら、柊子ちゃんと夏海ちゃんの母校は私と同じ小学校だった。そこに飾られていた、私の『冬に咲く花』の絵以外に、私と柊子ちゃんの接点はないと思う」

「赤月よすがって、やっぱりあの絵の……」

呟く夏海に頷き、僅かな表情の変化も見逃さないよう、私は慎重に話を続ける。

「小学校に行ったら、その絵はなくなってた。それは柊子ちゃんがあの絵を壊したからなんだよね。そうなったきっかけが、『何かの勘違いで夏海ちゃんと衝突した』ってことまでは聞いたけど、ちょっとした行き違い程度でこんなことになるなんて思えない。その勘違いってのは、一体何なの？」

「それは……」

言い淀み、目を泳がせる夏海の姿が、柊子とダブッて見えた。

確信に近い思いを抱き、私は単刀直入に切り込んだ。

「淡河さんが、関係していることなんだね？」

夏海の体が、怯えたように小さく跳ねた。質問の正誤については、もはや訊くまでもなかった。

柊子に全責任があるのなら——責任があると夏海が思っているのなら、ここで口ごもる道理はない。クラスも部活も違う二人を、同時に毒牙にかけた者がいるとしたら、学校全体に強い影響力を持つ淡河真鵠と考えるのが妥当。

口を噤んだままの夏海に、私は必死に訴えた。

「お願い。二人の喧嘩に、淡河さんと『冬に咲く花』がどう関係しているのか、詳しい事情を教えて。入れ替わってから一週間くらい経つけど、私達の体が戻る兆しは全然ない。入れ替わりを戻すには、どうしてもこれ以上の正確な手がかりが必要なの。今の柊子ちゃんは面会謝絶で何も訊けないし、時間の猶予がどれくらいあるかも分からない。だから、その間に少しでも前に進むには、夏海ちゃんの協力が不可欠なんだよ」

夏海はキッと私を睨み、掠れた声で反駁した。

「そんなの、別にどうでもいいし！　柊子が私を突き放したのは、れっきとした事実なんだから！　あんたの正体が誰だろうと、柊子の精神がどうなろうと、転校する私にはもう何の関係もないんだよ！」

「それが本当に夏海ちゃんの本心なの⁉」

問いただす私の剣幕に、夏海は生唾を呑み込んだ。

夏海から目を背けず、私は諭すように語りかける。

「このまま何もできなければ、柊子ちゃんの精神は、私の体と一緒に死んじゃうかもしれないんだよ。そうなれば、夏海ちゃんは柊子ちゃんを信じられなかった後悔を、これからずっと背負って生きていくことになる。親友だったんでしょ？　友情の証しにプレゼントを贈り合ったんでしょ？　それでも無関係だって、本当に言えるの？」

私を見る夏海の目は、未だに懐疑的ではあるが、棘の和らいだものになりつつあった。

私の心を覗き込むように、夏海は訊いてくる。

「……もし、それでも入れ替わりが解決しなかったら、どうするつもりなの？」

私は自分の手のひらを見つめ、拳を固く握った。

「私は、それならそれでいいと思ってる。私が今そうするべき……ううん、そうしたいと思っていることだから」

可能性が少しでもあるのなら、私はそこに賭けてみたい。どのみち、今の私にやれることは、他にないのだから。

私は胸に手を当て、切実な気持ちで夏海に訴えかけた。

「お願い。学校に来て一緒に戦ってくれとは言わない。すぐに柊子ちゃんを許せなくてもいい。でも、今はせめて、話だけでも聞かせて。夏海ちゃんのその勇気が、今の私にとっては、何よりの助けになるから」

言い終えた私の体の、頭から爪先まで夏海は視線を往復させる。

ややあって、夏海は折れた様子で、ぎこちなく頷いた。

「……分かりました」

夏海の答えを聞いた私は、安堵のあまり、へたり込んでしまいそうになった。

思ったよりも神経を磨り減らした。夏海の疑念が完全に消えたわけではないとしても、この一歩は大きい。

夏海は口元に手を当て、落ち着きなく視線を彷徨わせる。

「何だか、すごく変な気分ですけど……でも、何となく納得できる気がします。ここ最近の格子、いろいろ変な感じだったので。私の気のせいじゃなかったんですね」

「敬語じゃなくていいよ。すぐには信じられないことだと思うし。……とは言っても、私が持っているのは、ほとんど断片的な情報と推測だけなんだ。関係のありそうなところは、全部話してもらえると助かる」

私の要求に、夏海は頷く。

今度は先ほどよりも、夏海の動きに迷いがなかった。

「分かった、ちょっと長くなるかもしれないけど」

「ありがとう。望むところだよ」

＊　＊　＊　＊　＊　＊

小学生時代、柊子と夏海は『冬に咲く花』を共に見たことで親友になった。成績優秀な柊子は親の勧めで、夏海は「柊子と同じ中学に行きたい」と親を説き伏せる形で、同じ雲雀島女子中学校に入学した。

入学式の日、柊子と夏海は顔を見合わせ、幸せな気持ちで笑い合った。

夏海は『冬に咲く花』のような絵を描きたいという思いから美術部に入部し、柊子は本物の『冬に咲く花』について研究したいという思いから植物学の研究者を志していた。目指す夢こそ違ったものの、二人はお互いに最高の親友であると確信していた。

夏海がその話を切り出したのは、六月も終わりに差しかかった、梅雨明けの頃だ。

「夏のコンクール？」

訊き返す柊子に、夏海は頷いて答える。

「うん。入選すれば、美術科のある高校に推薦入学できるかもしれないって聞いて、居ても立ってもいられなくなってさ」

夏海は両手をギュッと握り締め、自分に言い聞かせるように柊子に言った。

「一年生じゃ箸にも棒にもかからないのが当たり前みたいだけど、入選できるように頑張るよ。中学校の三年間なんて、油断してたらあっという間に終わっちゃうからさ」

夏海のまっすぐな言葉を聞き、柊子は興奮した様子で顔を輝かせた。

「すごい格好いいよ、夏海！　私、応援する！」

胸元で両手を握る柊子は、出会ったばかりの頃とは比べ物にならないくらい活気に満ちている。

「私も負けないように頑張るよ！　最近、将来入りたい大学に目星が付き始めたから、そこに現役で入れるように勉強してるんだ！」

植物学についてはズブの素人の夏海だが、柊子の話を聞く限りでは、砂漠化対策や食料生産などにも応用の利く分野で、思った以上に奥が深い世界のようだ。まだ見ぬ学問の世界に声を弾ませる柊子は、夏海に劣らない気力に満ちていた。

柊子の活気に当てられ、夏海は意気込んで言った。

「へへ、私の方こそ、柊子に負けてられないね！」

気合いを入れる夏海の髪には、柊子から貰った髪飾りが付けられていた。

ただ、結果として夏海のコンクール応募作は、選外という結果に終わった。

学校で報告した時は平然としていたけど、ファミレスで残念会をした時の夏海は、ひどく感情を爆発させていた。

「悔しいーっ！」

ドリンクバーのグラスを握り、大袈裟にテーブルに突っ伏す夏海を、柊子は苦笑交じりに宥める。

「ま、まあまあ、私は夏海の作品もすごく好きだよ。それに中学校から始めた夏海が、一年生でコンクールに参加できるだけでも、充分すごいと思うな」

「でも他校では一年生で佳作取ってる子もいるし！　年齢で言い訳とかしたくないし！」

夏海はガバッと顔を上げ、グラスのコーラを一気に呷って宣言した。

「次は絶対に入選してやるから！　待ってろよ、冬！」

奮起する夏海を見て、柊子は微笑んで言った。

「……本当に格好いいな、夏海は」

夏海がここまでコンクールの受賞に拘るのには、理由があった。

小学校の卒業を控えた夏海は、ある夜、リビングで母と向き合って座っていた。

自分が画家を目指していることを、夏海は母に話した。中学で美術部に入部する都合もあったが、やはりこれからの人生に大きく影響するかもしれないことだ。自分一人で全部決めてしまうのは、些かならず不安だった。

夏海の告白を聞いた母は、真剣な眼差しで尋ねた。

「夏海。あなた、本気で画家になりたいと思うの？」

「うん。私もあんな風に感動させられる絵を描きたいって、そう思うんだ」

「……そう」

夏海の母は、両手を組み、思い詰めたような表情で呟く。

歓迎されないだろうということは、小学生の夏海でも想像の付くことだった。夏海の家庭は、お世辞にも裕福と言えるようなものではない。

母の顔を覗き込み、夏海はおずおずと訊いた。

「……やっぱり、ダメ？」

「そんなわけないでしょ。私もお父さんも、パティシエになるって夢を追いかけたんだから。何の権利があって子どもの夢を邪魔するって言うのよ。心から目指したいと思える夢を持てるのは、素敵なこと。それは胸を張りなさい」

夏海の予想に反し、母は語気強くそう言った。

思わぬ応援の言葉を受け、浮かれかけた夏海に、母は釘を刺すように続ける。

「でもね、厳しいことを言うけど、強い気持ち一つで何とかなるほど、夢を叶えることは簡単じゃない。自分よりすごい人がいるなんてのは当たり前だし、自分が良いと思う物が常に評価されるわけじゃない。かけた分だけお金が稼げるとは限らないし、自分の気持ちだって、いつまでも変わらないままとは限らない。いろんな理由で夢を諦めた人を、私もお父さんも、これまで何人も見てきたの」

　夢を成し遂げた母だからこそ、その言葉は夏海の中で響いた。

　言い知れない不安が渦巻く中、夏海の中にあったものは、柊子と夢を語らい合った思い出だった。

「……それでも、私は」

「分かってる。私は、『だから諦めろ』なんて話がしたいわけじゃないの」

　夏海の言葉を皆まで聞かず、母はフッと相好を崩した。

　母は人差し指を立て、夏海に言った。

「本気で画家を目指したいと思うなら、中学生の間に、何か目に見える実績を残しなさい。『まだ未成年だから』『まだ初心者だから』って甘えて何もしない人が大成したところを、少なくとも私は見たことがない。叶えたい夢があるなら、今すぐに動かなきゃダメ。それは自分の今の実力と、夢に対する気持ちに、真正面から向き合うことだから」

　優しくも厳しい、真摯な提案だった。

　漠然としていた夢が、一気に身近なものに感じられ、夏海はぶるりと武者震いを一つ。

「実績……」

「そう。実績が出れば、夏海の価値をちゃんと示すことができる。私は画家については全然詳しくないけど、美術科のある学校に行きたいなら、間違いなく夏海の武器になると思うよ。もちろん、夏海の自信にもなるしね」

　そして、母は夏海の肩に手を置き、優しく微笑んだ。

「もし夏海が画家になれなくても、夢のために本気で取り組んだことは、きっと大きな財産になるよ。だから、精一杯頑張ってみなさい。お母さんもお父さんも、一生懸命頑張る夏海の味方だから」

　思いがけない母の激励に、夏海は勢いよく頷いた。

「ありがとう、お母さん！　私、頑張るよ！」

　母に自分の夢を認めてもらえたことで、夏海の視界は大きく開けたようだった。

　しかし、その日の夜、スマホで何気なく美術科の私立大学について調べてみたことで、夏海の心が大きく揺れ動くことになる。

　夏海の目が釘付け(くぎづ)けになっていたのは、学費の項目だ。

「……ひゃ、百六十万円……!?」

〝年間〟学費だから、四年間通うとなれば単純に四倍。しかも合格したら三十万円近い入学金が発生する上に、当然教材費や画材費もたくさんかかってくる……とてもじゃないが、小規模の自営業に過ぎない霧島家が払えるようなものではない。

　国公立ならおよそ半額だが、それだけに合格倍率は高く、入学は狭き門。加えて、それほどの大金を費やし、競争を勝ち抜いて尚、大多数の学生は美術を生業にすることすら叶わないのだ。

ごくり、と夏海は生唾を呑み込んだ。自分が挑もうとしている世界が、どれほど途方もないものか、ようやく自覚できたように思えた。

現実を思い知らされた夏海は、画家になる夢を諦めよう——とは、思わなかった。

両親はお金の心配などいらないと言うだろうが、今のままでは美術科への進学など、相談することすら憚られるものだ。しかし、可能性が全く閉ざされたわけではない。給付型の奨学金で、国公立の美術科に入学するという手段が残っている。

そのためには、現実を嘆いている暇などない。母親の言う通り、少しでも早く、一つでも多くの実績を積まなければならない。

才能がなく、始めるのが遅かったなら、人一倍努力するしかないのだ。

夏のコンクールの結果は選外に終わったものの、夏海の中には自分でも驚くほどの悔しさが溢れていた。そして、同時に喜びも渦巻いていた。

自分は、本気で夢を叶えたいと思っている。ちゃんと奮起できている。その自覚が得られただけでも、参加した意義はあったと思えた。

夏休み中、夏海は暇さえあればデッサンの練習をしていたが、そのことを全くと言っていいほど苦に思っていなかった。

この努力の先に、素敵な未来が待っていると、信じて疑わずに。

二学期に入ってからしばらくが経ち、夏海は校内で妙な雰囲気を感じるようになっていた。

時期としては、生徒会選挙が終わった頃。その選挙では、一年生の淡河真鴇が、圧倒的な支持を集めて当選を果たしていた。

向学意欲の奨励の名の下に、成績優良者への優遇措置が次々と図られ、結果として生徒の間で不穏な空気が漂い、いがみ合いや小競り合いが頻発するようになったのだ。それまで親しかった生徒が、別人のように冷淡なやり取りしか交わさなくなり、何かに怯えているかのように目を合わせようとしない。

まるで教室中、いや学校全体に、負のオーラが漂っているかのようだった。

そして、ある事件を境に、夏海は動くことを決めた。

生徒会長の淡河真鴇に、夏海は意を決して話しかけた。

「あの、淡河さん。少し、二人きりでお話しがしたいんですが」

「構いませんよ。何でしょうか？」

優雅に髪を背に流す真鴇を、夏海は屋上の階段まで連れて行った。

近くに誰もいないことを確認してから、夏海は早速本題に切り込む。

「私は隣のクラスの霧島です。淡河さんのクラスの風間美穂さんが最近転校したことについて、何か知っているんじゃないですか？」

真鴇はわざとらしく考え込む素振りを見せてから、鼻を一つ鳴らした。

「何も知りませんよ、あんな落ちこぼれのことなんて。どうせ、我が校のレベルの高さに付いていけなくて、嫌気が差しただけでしょう？」

「しらばっくれないで！　あなたが、転校するように仕向けたんでしょ⁉」

夏海が声を荒らげるも、真鴇は物怖じするどころか、挑戦的に唇を舐めて問い返す。

「へぇ、証拠はあるの？」

「……無いよ。だから、私が来たの」

真鴇の威圧感に屈しないよう、夏海は奥歯を噛み締める。

そして、深く息を吸い込み、覚悟を決めて真鴇に言った。

「でも、何も知らないなんてこと、あるわけない。あの子は同じ美術部所属で、入学したばかりの時は、もっと希望に満ちていた。『私も霧島さんと一緒に、コンクールで受賞を目指したい』って。それなのに、最近塞ぎ込むようになって、全然明るい顔をしなくなった。『淡河さんのことが怖い』って、二言目にはそればかり言ってたんだよ」

真鴇が元凶であることに、柊子は確信があった。ただ確証がないのは事実であるし、下手に刺激して反発を招くのも憚れる。

夏海は自制心を総動員し、努めて冷静に申し入れをした。

「『転校するように仕向けた』というのが、勇み足だったのは謝る。でも、もしあなたが、クラスメイトを怖がらせるようなことをしているのなら、そういうことは金輪際やめてほしいんだ」

夏海が言い終えると、真鴇は顎に指を当て、値踏みするような目で夏海を見た。

「霧島さん、ご両親のご職業は？」

「えっ？　ケーキ屋をやってるけど……」

思わぬ質問に呆気に取られていると、真鴇は得心いったように幾度も幾度も頷いた。

「そうでしょうね。そうでしょうとも。装いと振る舞いを見れば、どんな生まれか大体想像できるものです」

真鴇の嫌みったらしい言い草で、夏海の眉根に皺が生まれる。

「……何が、言いたいの？　ケーキ屋の子どもだから黙ってろ、とでも？」

「随分と想像力が豊かなことですね。そう思うのは、あなた自身が引け目を感じているからでしょう？」

真鴇は大仰に両手を広げ、妖艶に微笑んで言った。

彼女の表情からは、後ろめたさを欠片も見いだすことができない。

「私は差別などしませんよ。ただ、区別は厳然としてなされるべきだとは、もちろん思っておりますが。身の丈に合った相手と接することは、引いてはあなたや他の生徒のためでもあるんですよ？」

「白々しい、あの手この手で追い詰めているだけのくせに……！」

夏海の抗議も、やはり確証を欠くものだ。

歯噛みする夏海を尻目に、真鴇は不思議そうな表情を湛え、頬に指を当てる。

「そもそも、私からすれば、霧島さんがそこまで風間さんに拘る理由が分かりませんね。既にこの学校からいなくなった彼女を庇うことで、霧島さんにどんなメリットがあるのです？」

「……メリットって何？　友達なんだから、嫌がらせされて転校しちゃったら、怒るのが当たり前でしょ⁉」

まるで人間味を欠いた真鴇の疑問に、夏海は語気強く反駁した。

瞬間、蛇のように細められた真鴇の目が、夏海の体を貫く。

「へぇ、そう。友達だから当たり前ですか」

その視線に射竦められ、夏海は初めて真鴇に恐れの感情を抱いた。

それは柔和な物腰、威厳のある立ち居振る舞いの裏に隠された、真鴇のもう一つの顔だった。遥か高みから、機械的に相手の価値を見定める、冷徹な支配者としての顔。

真鴇自身も不本意な感情の発露だったのか、我に返ったように小さく首を振ると、聞き分けのない子どもに愛想をつかした口振りで肩を竦める。

「まあ、霧島さんがどのような想像を働かせようが、あなたの自由ですよ。でも、仮にあなたの言うことが全て的を射ていたとして、やはり私の責任を追及するのはお門違いもいいところですね」

そして、真鴇は口元を押さえ、ぞっとするほど混じり気のない笑顔で言った。

「だって、弱い方が悪いじゃないですか。私のやり方が間違っていると言うのなら、私に対抗する力を付ければいいだけの話でしょう？」

そして間もなく、夏海は驚くべき光景を目の当たりにした。

淡河真鴇が、柊子と連れ立って廊下を歩いているのだ。これまでの柊子は、真鴇の話なんてほとんどしていなかったのに、今は楽しげに談笑さえしている。

「柊子……？」

掠れた声で夏海が問うと、柊子はいつものように挨拶を返してくる。

「あ、夏海。元気？」

柊子の表情には一点の曇りもなく、真鴇に嫌々従っているというわけではなさそうだ。

柊子がクラスメイトと仲良くしているだけなら、当然夏海も文句はない。しかし、このタイミングで真鴇と柊子が親しくなるというのは、作為的なものを感じずにはいられない。真鴇の本性を知って、内気で優しい柊子が平然と接していられるわけがないのだ。

自然、夏海の表情が強張ってしまう。

「……柊子、どうして淡河さんと一緒にいるの？」

「え？　何でって、友達だからだよ。どうかしたの？」

夏海は柊子に詰め寄り、思わず声を荒らげてしまった。

「柊子、騙されちゃダメだよ！　淡河さんは柊子が思うような人じゃないの！　友達だなんて思ってたら、きっとひどい目に遭うことになるよ！」

「い、いきなりどうしたの、柊子？」

困惑する柊子の横で、真鴇は衝撃を受けたように手で顔を覆う。

「な、なんて言いがかりを。私は心から戸張さんをお友達だと思っているのに……」

先日のやり取りを経た夏海にとっては、白々しい演技以外の何物でもない。

しかし、それを知らない柊子は、真鴇が言葉通りに打ちひしがれていると思ったようだ。夏海を見返し、柊子は強い口調で迫る。

「夏海、淡河さんに謝って。いくら何でも今のは聞き捨てならないよ」

柊子の反駁に、今度は夏海がショックを受ける番だった。

夏海は真鴇の本性を知っているが、確たる証拠はない。柊子が夏海の言葉を信じなければ、不毛な水かけ論だ。

藁にも縋る思いで、夏海は柊子に訴えかける。

「……私の言うことが信じられないの？」

小学校で大事な思いを共有し、お互いに切磋琢磨した親友の言葉。

しかし、真鴇を友達と信じて疑わない柊子には、取り付く島もなかった。

「友達だからって、全部肯定できるわけじゃないよ。私は、夏海と同じように、淡河さんのことも大事な友達だと思ってるから」

夏海の中の何かが、空気が抜けるように萎んでいくのを感じた。

もう少し冷静であれば、柊子と話し合う余地もあったかもしれない。しかし、親友に聞く耳を持たれなかったという事実に、夏海は大きな失望と苛立ちを覚えていた。

「……そう。それならもういいよ」

踵を返し、夏海は肩を怒らせて立ち去ってしまう。

去り際の背中越しに、真鴇と柊子のやり取りが聞こえてくる。

「ありがとう、戸張さん」

「いいんだよ。友達なんだから、これくらい当たり前だよ」

無性にむかむかして、踏み出す足の力が強くなってしまう。

後になって思うと、そこには柊子と親しくする真鴇への嫉妬の念も、少なからず含まれていたのかもしれない。

夏海が、放課後に柊子に呼び出されたのは、それから一週間も経たない頃だった。

呼び出された場所は、今は使用されていない空き教室だった。

訝しみながらドアを開けると、そこにいたのは、柊子だけではなかった。柊子の背後には、淡河真鴇と、彼女の取り巻きの生徒二人がいる。

「……夏海」

教室の中央に経つ柊子は、夏海の到着を見て、虚ろな目をこちらに向けてきた。

一目で異常さを感じた夏海は、後ずさりし、引きつった声を上げる。

「……柊子、これは何？　何をするつもりなの？」

視線を彷徨わせる夏海の目に、一際楽しげな笑顔を湛える真鴇の姿が留まった。

夏海は真鴇を睨み、大声で問いただす。

「淡河さん！　何のつもりですか⁉　柊子に一体何をさせようとしてるんですか⁉」

真鴇は眉一つ動かすことなく、涼しい顔で柊子を一瞥。

「つもりも何も、私は戸張さんに呼ばれてここに来ただけですよ。何でも、私達に見せたいものがあると伺いまして。ねぇ、戸張さん？」

「……はい」

消え入りそうな柊子の肯定は、明らかに否定を意味するものだった。

浅い息を繰り返す夏海に、柊子は今にも泣き出しそうな目で問いかけた。

「夏海、覚えてる？　冬に咲く満開の花を、いつか見に行こうって約束のこと」

「当たり前じゃん！　私と柊子が友達になった、大事な思い出で……」

途端、淡河真鴇は嘲笑した。

遠慮なくたっぷりと笑った後、真鴇は取り巻きに呼びかける。

「何それ、冬に満開の花？　あなたたち聞きました？」

それが合図となり、彼女らはクスクスと冷笑し始めた。

彼女らが真鴇に逆らわないのは当然のことだ。しかし、この場に夏海の味方はいないこともまた、紛れもない事実だ。

真鴇達に大切な約束を笑いものにされ、夏海の心が抉られるように痛む。

荒い息をする夏海を、たっぷり味わうように眺め、真鴇は噛んで含めるように言った。

「あるわけないでしょ、そんなもの。小学校の理科で学ぶことじゃない。戸張さん、あなた、そんな話を真に受けてたの？」

「そ……そんなわけ、ないじゃないですか」

柊子の答えは、まるで台本を棒読みしているかのようだった。

とめどなく震える声で、柊子は更なる言葉を紡ぐ。

「私、は、夏海と違って……ゆ、優秀な生徒、ですから。画家になりたいなんて、子どもじみた夢見事を言っていると、そんな当たり前のことにも気付けないんでしょうね」
柊子と夏海の友情が、他ならない柊子によって否定される。
それは夏海にとって、心臓を刃物で切り刻まれるかのような思いだった。
膝をつき、啜り上げる夏海に、柊子は粛々と歩み寄る。
夏海の前に立った柊子は、手に持っていた長筒の蓋を開け、一枚の紙を取り出した。
それは、あの『冬に咲く花』の絵だった。
「…………え？」
柊子が何をするつもりなのか、夏海は直前に悟った。
夏海の前に立つ柊子が、口だけ動かしたことに気付いた。
——ごめん、夏海。
両手で紙を持った柊子は、ひと思いにその絵を破り捨てた。
夏海の中の決定的な何かが壊れたのは、その瞬間だった。
呆然とし、項垂(うなだ)れる夏海に、柊子のとどめの言葉が向けられる。
「夏海なんか、友達じゃない」
ほとんど声にならない声だった。柊子が泣いているのが、夏海は気配だけで分かった。
でも、どれだけ柊子が泣いて謝ったところで、行動の取り返しがつくわけではない。
心神喪失状態で膝をつく夏海に近寄り、真鴇は愉悦の表情で告げた。

「頑張ってね。お急ぎなら、花屋への転職をおすすめしますよ。ケーキ屋の霧島さん」

そう耳打ちすると、真鴇は取り巻きを連れ、颯爽と教室から立ち去って行った。

真鴇達がいなくなった後、膝をついて俯く夏海の下に、柊子が近付いてくる。

「な、夏海……本当に、ごめ……」

泣きじゃくる柊子と目が合った瞬間、夏海の中で、これまでの柊子との記憶がフラッシュバックした。

『冬に咲く花』を見て楽しく語り合ったこと。

庇い合い、それぞれの夢を抱いたこと。

その夢のために切磋琢磨し、励まし合ったこと。

柊子と歩んだそれらの足跡全てが、こんな未来のためにあったのかと思うと——襲い来る猛烈な喪失感から、夏海の視界がひどく歪んだ。

「う、えっ」

直後、夏海は息苦しさを覚え、必死の呼吸を試みた。しかし、吸った傍から酸素が肺から漏れるように、苦しさだけが増していくばかり。

焦燥が更なる苦しみを生み、間もなく夏海は、横ざまに床に倒れてしまった。

「なっ、夏海⁉ どうしたの、大丈夫⁉」

呼びかける柊子の声も、段々遠ざかっていってしまう。

現実から隔絶されていく感覚は、今の夏海には存外心地良いもので、薄れる意識に身を委ねてしまった。

救急車で運ばれた夏海は、身体的な異常がなかったことからストレスによる過呼吸と診断され、その日のうちに母親同伴の元で退院した。

翌日、夏海は普通に登校してきていた。たった一日でやつれた様子の夏海に、柊子はすっかり縮こまって頭を下げる。

「……その、夏海、本当にごめん」

夏海は柊子をチラと一瞥すると、何も言わずに立ち上がって歩き出した。

向かった先は美術部の部室だった。無言でドアを開ける夏海に、柊子は必死に声をかけてくる。

「あの……冬のコンクール、参加するんだよね？　画家になる夢、諦めたわけじゃないんだよね？」

美術部の中には、部員の描きかけの水彩画が何枚か机上に置かれている。

夏海は自分の絵に歩み寄り、そこでようやく口を開いた。

「もういいよ」

「も、もういいって、何が」

縋るような柊子の言葉に、夏海は軽く目を閉じ、溜息を吐く。

「何かもう、全部どうでもよくなっちゃった」

そして、唐突に伸ばした手を閃かせ、自分の絵を力任せに握り潰した。

海の底に沈んでいく少女を描いた幻想世界が、夏海の手の中で、一瞬にして単なる紙屑に変わってしまう。

夏海の奇行に柊子は愕然とし、悲鳴のような声を上げた。

「なっ、夏海⁉　いきなり何を――」

「もうやめる。絵なんか描けたって、何の意味もないし」

皆まで言わせず、夏海はきっぱりと宣言した。

その言葉を裏付けるように、夏海は握り潰すだけでは飽き足らず、バラバラに引き裂いてしまう。そんな夏海を、柊子は啞然と見つめることしかできない。

「な、何の意味もないって……」

「その通りじゃん。『冬に咲く花』に憧れて絵を描き始めた私は、コンクールで何の成果も出せなかった。あの絵のお陰で繋がった柊子は、私を裏切った。やっと気付いたんだよ。上手い絵も、それを見た感動も、現実には何の役にも立たないんだ」

夏海の声は、震えていた。自分を否定する言葉を発する度に、自分の中の一部が、欠け落ちていくような感覚に見舞われる。

「そっ……そんなこと、ない！」

柊子は泣き出しそうな表情ながら、夏海の肩に手を置き、説得を続けようとする。

「私は『冬に咲く花』と出合えて、夏海と繋がれて、本当によかったと思って――」

「誰のせいでこんなことになったと思ってるんだよッ！」

夏海は柊子の手を力ずくで振りほどき、足音高らかに部室の隅まで歩いていくと、握り締めた紙屑をゴミ箱に叩き込んだ。

それは夏海なりの、柊子に対する絶交の意思表示だった。

肩で息をしながら、夏海は涙目で柊子に言い放つ。

「『冬に咲く花』で私と繋がれてよかった？　その絵を柊子自身が破った時点で、私達の間には何の繋がりもなくなったんだよ。今さら友達面して擦り寄って来ないで。大好きな淡河さんと一緒に、仲良く私の悪口でも言ってればいいじゃん」

絶句する柊子を押し退け、夏海は早足で美術部から立ち去って行った。

「あんたなんか、友達じゃない。先にそう言ったのは柊子でしょ」

取り残された柊子のことなどお構いなしに、夏海はガラスが割れそうな勢いでドアを閉めてしまう。

そして、その日から夏海は、自宅療養とは名ばかりの不登校状態に陥ってしまった。

＊＊＊＊＊

夏海が語り終えると、長い沈黙が降り立った。

俯き、黙する私に、夏海はおずおずと声をかけてくる。

「……あの、私が話せるのはこれで全部、だけど……」

「ん、分かったよ。話してくれてありがとうね」

夏海に促された私は、冴えた空気を肺いっぱいに吸い込み、そう言った。

決裂の火種となった〝柊子の勘違い〟は、夏海ではなく、自分に取り入った真鴇に対してのものだったのだ。自分に楯突いた夏海への報復として、柊子と仮初めの友人関係を築き、二人の分断を煽った——これが全ての真実だ。

しかし、ようやく明らかになった真実を前にしても、私の中に達成感は微塵もなかった。腹の中で暴れ回る激情を押さえ付けることだけに、私は全神経を集中させていた。

目を閉じ、私は努めて落ち着いた口調で切り出す。

「呼び出しておいてごめん、でも今日はここでお別れにしよう。ちょっと行く所ができちゃったから」

やっとの思いでそれだけ言った私に、夏海は恐る恐る尋ねた。

せめて夏海と別れるまでは冷静でいようと思っていたが、我慢の限界だった。

夏海の脇を通り過ぎざま、私は怒気も露に声を絞り出す。

「決まってるでしょ。あのクズ女、今すぐぶっ飛ばしてやる！」

脇目も振らず大股で歩く私に、夏海は泡を食った様子で追い縋ってきた。

「おっ、落ち着いて！　柊子……いえ、よすがさん！」

夏海に肩を摑まれ、私の足が止まった。

夏海は真剣な表情で私の顔を見ると、深々と一つ頷く。

「確信したよ、あなたは柊子じゃないって。疑ってごめんなさい、よすがさん」

「あ、うん……助かるけど、割とあっさりだね」

「うん、柊子はそんなこと言わないから」

「そっかー……言わなかったかー……」

涙ながらに訴えた手前、何だかすごく複雑な気分だ。

どことなく釈然としない私に、夏海は改めて私を戒めた。

「とにかく、あまり短絡的に動くと危ないよ。よすがさんも知ってると思うけど、淡河さんは学校の外でも中でも大きい力を持ってるから、下手なことすると何されるか分からないんだ」

夏海の話を聞いて、柊子が詳細を伏せていた理由がようやく分かった。

入れ替わったまま死ぬという意図や、私の絵を破った罪悪感だけではない。柊子は恐らく、私を不用意に真鴇の悪意に晒さないよう気を遣ってくれていたのだ。真鴇を諸悪の根源と断じなかったのも、仮初めとはいえ友人として心を許していた負い目があったのかもしれない。

そして同時に、夏海が柊子を頑なに拒絶する、別の理由にも思い至った。

「それじゃあ……夏海ちゃんがこれまで心を開こうとしなかったのって、もしかして柊子ちゃんのためだったの？　柊子ちゃんのことを、淡河さんから守るために？」

決別が真鴇の強要であるとするなら、再び夏海と関わりを持ってしまえば、次に柊子の身に何が起こるか分かったものではない——夏海はそれを警戒していたからこそ、柊子と一定の距離を置いていたのではないか、と。柊子と親友だった夏海なら、同じ考えに行き着いてもおかしくない。

私の推測を受け、柊子は視線を背けた。

「それもあるけど……それが全てでも、ないよ」

夏海の目には、涙が滲んでいた。

洟を啜り、夏海は訥々と語り始める。

「柊子と仲良くなれた時、私、すごく嬉しかった。柊子は内向的な性格で、私よりずっと頭がよかったから、ずっと気になってたのになかなか声をかける機会がなくて。あの絵を見て一緒に笑い合えて、特技とか性格の違いなんかよりずっと大事なものがあるって、そう思えたんだ」

俯いた顔から涙が滴り、地面に染みを作る。

夏海は手で涙を拭い、輪郭のぼやけた声で続ける。

「でも……柊子と私の絆は、あんなに簡単に壊れてしまった。淡河さんの陰謀だったことも、柊子が仕方なく従ってたことも、よく分かってるつもりだよ。それでも……じゃあ、友情って何……？」

夏海は顔を上げ、苦しげに私に訴えかけてきた。

「脅しに屈して、友達にどんなことでもやってしまうことを、本当に友情なんて呼べるの？　そんな友情、築く意味なんて本当にあるの？　私がこれまで信じてきたものは、全部ただの無意味な――」

夏海の絞り出すような訴えが止まったのは、私が夏海を強く抱きしめたからだ。

夏海の体温と鼓動が、すぐ近くに感じられる。

「頑張ったね、夏海ちゃん」

夏海はしばらく言葉を失っていたが、やがて現実に理解が追い付いた様子で、私にしがみついて押し殺すような泣き声を上げ始めた。

制服が夏海の涙で濡れることも厭わず、私は彼女の肩を優しく叩く。

「あなた達の築いた友情は、無意味なんかじゃないよ。絶対に、無意味になんてさせない。だから、もしまだあなたが柊子ちゃんのことを許せなくても、あの時二人で築いた友情の価値には、胸を張っていいんだ」

「……うん……！」

そのうち、夏海は落ち着きを取り戻したようだった。

離れた夏海は、多少血色がよくなっているように見えた。今はまだ気休めのようなものだけど、それでも何もしないよりはずっとマシだろう。

私は少しだけ安心し、夏海に微笑みかけた。

「明日、淡河さんと話してくるよ。安心して、夏海ちゃんに悪いようにはさせないから」

「……私が言うのも変な話だけど、もういいと思うんだ。世の中、どうしようもない理不尽も、どうしたって分かり合えない人もいるよ。よすがさんが嫌な思いをすることもないし、あとは転校する私と柊子の問題だから……」

諦念の滲む夏海の台詞に、私は静かに頭を振った。

「ううん、放っておけないよ。さっきも言ったけど、淡河さんは私と柊子ちゃんの入れ替わりに関係しているかもしれないんだ。話し合ってダメだったら、それなりの対策を取らないと」

夏海は神妙な面持ちで、不安げに呟く。

「話し合いなんて言っても……」

「大丈夫、何とかなるって。こう見えても私、あなたより二倍も年上なんだよ？」

夏海を安心させる意味も含め、私は敢えて楽観的な口調で言った。真鴇が何をするにせよ、このまま何もしなければ柊子は死んでしまうのだ。失うものは、何もない。

それに、私とて無策で真鴇と話し合うつもりは、さらさらない。

柊子が面会謝絶である以上、この場に長居してもやれることはない。私は夏海を連れて病院を後にしようとしたが、その足を踏み出す前に夏海が私を呼び止めてきた。

「あの、よすがさん。最後に一つだけ、訊きたいことがあるんだ」

「いいよ。最後と言わず何度でも」

快く応えると、夏海は少しだけ恥じらった様子で、潜めた声で私に言った。

「よすがさんは……あの絵のように、雪の中で満開に咲く花があると思う？」

中学生が大人にそのような質問をするのは、少し気後れしたのかもしれない。

実のところ、今の私は、冬に咲く桜が実在することを知っている。子福桜(こぶくざくら)や不断桜(ふだん)といった品種の桜は、一年間に冬を含めて二度咲いたり、開花期間が秋から春にかけてと長かったりするのだ。

しかし、私は敢えてそこには触れない。実際の光景を見たことがないというのもあるが、何より夏海は、恐らくそんな単純な正答を求めているわけではない。

夏海の質問の意図を自分なりに汲み取り、私は堂々と答えた。

「昔の夏海ちゃんが言ったみたいに、世界のどこかにはあるかもしれないよ。今はなくたって、明日になればそれも分からない。長い年月をかけた植物の進化が、思いもかけない形で実を結ぶ時が来るかもしれない。そうでしょ？」

それは夏海に向けた建前ではなく、私が心の底から思っていることだった。

夏海もそのことに気付いてくれたのか、深く息を吐いて独りごちる。

「……よすがさんは、強い人なんだね」

私は苦笑し、自分の右頬を人差し指で突いて言った。

「まー、精神の入れ替わりなんて超常現象を体験しちゃうとね。冬に花が咲くくらい、何てことないような気がするよ。……それに、どうせ避けられない人生なんだもん。見たことがないものを、『無いものだ』って決め付けて生きるより、『あるかもしれない』って想像する方が、ずっと楽しそうじゃない？」

後ろ手を組んだ私は、ソメイヨシノの裸木を見上げ、破られた絵の冥福を祈った。

「そういう未来への希望を、全部込めて描いた絵だからさ、あれは」

翌日、登校する私の足取りは、かつてないほどの力強さだった。

夏海の話を聞いたことで、全ての真実が明らかになった。私と柊子の繋がり、柊子と夏海の決別、そしてその裏にある淡河真鴇の存在。

これらを全て解決するためには、淡河真鴇との接触は避けて通れない。柊子の自殺願望が、この入れ替わり現象の理由であるとするなら、真鴇の存在は最大の原因だ。裏を返せば、真鴇との因縁に決着を付け、柊子と夏海が蟠りなく親友に戻ることで、この入れ替わりは解消されるのかもしれない。

試行錯誤の末、やっとここまで辿り着けたのだ。私にできることは、どんなことでもやってのけてやる。

教室で優雅に文庫本を嗜（たしな）む真鴇に、私は思い切って切り出した。

「淡河さん、ちょっと向こうでお話できるかな？」

私の宿す雰囲気がいつもと違うことに気付いたのか、何人かのクラスメイトが私達に注目する。

真鴇は彼女らの視線を気に留めることなく、曇りない笑顔で応じた。

「ええ、何でしょう？」

よほど夏海のことを信じていなければ、何かの間違いではないかと疑いかねないほどだ。私自身が目撃した横暴な言動でさえ、正当な主張だったのではないかと勘違いしてしまいそうになる。

しかし、その仮面の裏にある素顔から、目を背けてはいけない。

人気の少ない廊下に辿り着くと、二人きりであることを確認し、私は口火を切った。

「不登校の霧島夏海さんのこと、覚えてるよね？　その具体的な原因も。ああいうことするの、もうやめてほしいんだ。夏海だけじゃなくて、他の生徒に対しても」

「何を言っているんですか？　あなたが望んでやったことでしょう、『落ちこぼれと付き合うのはもう懲り懲りだ』って」

真鴇はこちらを一瞥すると、呆れたように肩を竦めた。

「今更怖じ気ついたからって、私に責任を押し付けるなんて、惨めったらしいですよ」

想像していた反応ではある。通り一遍の説得で立場を改めるなら、初めからこのようなことはしないだろう。

私は後ろ手に持っていた切り札を、真鴇に差し出した。

「ねぇ、淡河さん。これ見てもらえるかな」

クリアホルダーに挟まれた一枚の紙だ。

受け取り、文面を確認した真鴇は——初めて驚愕の表情を見せた。

「これは……」

そこに記載されていた内容は、生徒会長の解職請求だった。

校則により、全校生徒の三分の二の署名を得ることで、生徒会役員を辞めさせることができる。ほとんど形骸化しているとはいえ、ルールはルールだ。真鴇の生徒会長としての地位は、決して絶対的なものではない。

真鴇が衝撃を受けた時間は、さほど長くなかった。プリントを流し読みすると、不愉快そうにクリアホルダーごとそれを突っ返してくる。

「何をしでかすかと思えば、下らない。こんな安い脅しで私を篭絡できるとでもお思いで？」

真鴇の言う通り、署名はまだ集めていないし、そもそも現状では集まらない可能性の方が高い。リコールそのものというより、大人しい柊子が強硬手段を示したことに驚いただけだろう。既に真鴇は、いつもの高慢さを取り戻している。

受け取った私は、怯むことなく真鴇と対峙する。

「それぐらい私は本気だってこと。だけど、その前に淡河さんとは腹を割って話をしておきたいんだ。淡河さんだって、余計なリスクは負いたくないでしょ？」

相手は中学生だ。強引な手段に打って出るのは、あくまで最終手段。それに何より、私は真鴇について知らないことが多すぎる。

「それで気が済むなら、お好きにどうぞ。話して何が変わるとも思えませんが」

鬱陶しそうに鼻を鳴らしつつも、真鴇はそう答えた。

私は深呼吸を一つしてから、真鴇の目をじっと見つめて尋ねる。

「淡河さん。あのことがきっかけで、夏海は絵を描かなくなったんだよ。小学生の頃から大事にしていた、画家になる夢を捨てるって、そう言ったんだよ。淡河さんは、そのことを何とも思わないの？」

「賢明な判断としか思いませんね。ええ、全く」

私の問いかけを歯牙にもかけず、真鴇は酷薄に微笑んだ。

「画家なんて、ほんの一握りの天才しか成功できない職業なんですよ。加えて、それ相応の教養が必要不可欠。中学生のコンクールごときで躓くような人が大成できる世界ではありません。子どもじみた万能感で大恥を掻く前にやめられたことは、長い目で見れば霧島さんにとっても幸運なことです」

「画家でもない淡河さんが、どうしてそんなことを言えるの？　たとえ画家になれなくたって、一生懸命取り組んだことが全部無駄になるとは限らないでしょ？」

私は自制心を総動員し、努めて冷静に真鴇に反論した。

真鴇は余裕を見せ付けるように、艶のある髪を背に流す。

「私はあらゆる分野の教養を身に付けています。絵画についても然り。ですから、分かるんですよ。持たざる者の行き着く先というものが」

「……何、それ」

低い声で問いただす私に、真鴇は堂々と答えた。

「惨めな孤独と、無様な死です。誰からも必要とされず、愛されることもなく、いたずらに搾取ばかりされ、そして失意のうちに死ぬ。彼らは取り返しが付かなくなってからそのことに気付き、言葉巧みに我々から奪おうとする。ゆえに無知は罪で、無学は悪なのです。人は皆、然るべき立ち位置と人付き合いによって、幸福になれるのですよ」

「人の幸せを勝手に決め付けないで。私は限られた人生だからこそ、いろんな人と付き合って、いろんな価値観を身に付けるべきだと思う」

私は言下に言い返した。悉く自分と対照的な物言いに、私は腹の底が沸々と煮えるのを感じていた。

深呼吸で自分を落ち着け、真鴇の瞳を真正面から見返す。

「淡河さんの言う『然るべき立ち位置』って、要するにテストの成績が基準でしょ？　もしかしたら淡河さんが凡人って思う人は、陰でいっぱい努力をしていて、いずれ淡河さんよりいい成績を出すようになるかもしれない。勉強以外にも、何かすごい能力が隠れているかもしれない。違う？」

真鴇の中の良心に届くように、私は祈りを込めてそう言った。

しかし、真鴇の漆黒の瞳からは、ほんの僅かな心の変化も見いだせない。

「半分は仰る通りですが、半分は違います。漫然と生きているだけでは、無能な自分に慣れるだけで、才能の開花も飛躍的な成長も期待できません。真に能力を持つ者であれば、初めから確たる実力を示せているんですよ。そうでない者に必要なのは、起爆剤となる危機感です」

「だから淡河さんが、率先して危機感を煽ってあげてるってこと？」

傲慢な言い草に、いい加減こちらも限界が近付いていた。

私の視線や口調が、不穏な棘を帯び始めてしまう。

「身勝手な理屈だよ。結局、淡河さんは自分にとって都合のいいように世の中を解釈してるだけじゃん」

「本当にそう思いますか？」

真鴇に問い返され、私は寸時、言葉を失った。

私を見る真鴇の目に宿っていたものは、単なる意地の悪さだけではない。

「私が生まれついての才媛で、それゆえに落ちこぼれを相手に気まぐれの理不尽を働いていると、戸張さんは本気でそう思っているのですか？」

真鴇の真剣な眼差しで射貫かれ、私はゴクリと生唾を呑み込んだ。

所詮は中学生と、内心で侮っていた私は、その迫力に初めてたじろいでしまう。

「それは一体どういう――」

「それでは逆に訊きましょう。あなたは自分が身勝手な理屈を主張していないと、本当に胸を張って断言できるのですか？　これまで戸張さんが付き合ってきた人々は、あなた自身の独断と偏見によって、篩にかけた結果ではないのですか？」

　真鴇の思わぬ反撃を受け、私は返答に窮した。

「それは……」

屁理屈だ。全ての人間と平等な関係を築くなんて、できるわけがない。それでも、このタイミングで発せられた真鴇の台詞は、私から言葉を奪うのに充分な力を持っていた。

　無言に徹する私を、真鴇は愉悦の表情で眺める。

「選ぶ基準が違うだけで、戸張さんも関わる相手を選んでいるじゃないですか。あなたがやってきたこと全てが、誰のことも一度も傷付けていないと思うのなら、それこそ傲慢で誤った考えであると指摘せざるを得ませんね。多様な価値観を身に付けるのがそれほど大事なら、私の価値観も尊重するべきではないのですか？」

　淀みない真鴇の言葉に絡め取られ、私は急速に自信を失っていく。

　私をやり込めて満足した様子の真鴇は、短く息を吐き出し、私の脇を颯爽と歩き去って行く。

「解職権をちらつかせれば、私を意のままにできるとでも？　校則は校則です。解職請求がしたければ、どうぞご自由に。もっとも、戸張さんにその能力と覚悟がおありならば、ですがね。私は、私の道を違える気など、毛頭ありませんので」

言いながら優雅に歩く真鴇は、背中越しでも余裕が窺えるほどで、もはや私を振り返ることもしない。

一人取り残された私は、少女一人を説得できない自分の無力さに打ちひしがれ、立ち尽くすばかりだった。

自宅に帰った私は、ベッドに突っ伏し、奇声を上げた。

「あ――――――――!!!!!!!!」

私は枕を顔面に押し当てて声を殺し、脳内の憎たらしい真鴇に向け、呪詛の限りを尽くした。

「おかしいでしょ! どんな人生歩んだらあんなに性格が歪むんだよ! 絶対ロクな大人にならないわ! 私の絵を勝手に破らせやがって! 地獄に墜ちろバーカバーカ!」

しばらく子どもじみた悪態を吐きまくってスッキリした私は、仰向けになって白い天井を見上げた。

悔しかった。それなりに自信はあったのに、あんな風に何も言い返せず、一方的にやり込められてしまったことが。それも、中学生の少女に。

致命的だったのは、去り際の真鴇の台詞だ。

――あなたがやってきたこと全てが、誰のことも一度も傷付けていないと思うのなら、それこそ傲慢で誤った考えであると指摘せざるを得ませんね。

その言葉は、私にとっての急所だった。

少女に感化されて『冬に咲く花』の絵を描いたこと。命懸けで柊子を助けたこと。病気について同僚や上司に何も話さなかったこと。夏海と柊子の問題に首を突っ込んだこと。良かれと思ったことが、回り回って余計に人を傷付けてしまったことは、私が気付いていないだけで、他にもたくさんあるのかもしれない。

無論、だからと言って真鴇の行いを見逃すつもりはない。それでも、その真鴇の反撃は、私から説得の意志を削ぐのに充分な破壊力を持っていた。

「……話し合いで済ませたかったけど、無理なのかなー……」

どうしようもない理不尽も、どうしたって分かり合えない人もいる——夏海の言葉は正しい。この上、説得が無理だとするのなら、本当に解職請求に向けて動くしかない。

全校生徒の三分の二という壁は確かに厚いが、決して雲を掴むような話ではない。

……でも。

「本当に、それでいいのかな」

真鴇の改心を諦めきれない自分がいるのも、また事実だ。

真鴇は、まだ中学生なのだ。未熟な精神に見合わない力を持てば、大なり小なり誰だって歪むことだろう。仮に真鴇の解職請求に成功したとして、その後は？　自らの罪を悔い改めることもあるかもしれない。でも、恥を掻かされた腹いせで今以上に歪んだ行動を取ってしまったり、柊子や夏海のように塞ぎ込んでしまうことだって、同じくらいの確率で存在するのではないか？

誰しもが、関わる相手を選んでいる。

真鴇の主張は、あながち屁理屈とも言い切れない。嫌な奴(やつ)を仲間外れにするだけなら、大人(わたし)がやる意味なんてないじゃないか。

――考えろ、考えろ。

私と柊子の入れ替わりの原因は、柊子と夏海の不本意な決裂。そしてその原因は淡河真鴇であり、彼女という壁が今も仲直りの妨げとなっている。その壁を乗り越えるために、私にできることは何だ？

いや……私だからできることは、何だ？

これまでに得た一つ一つの情報を整理する。

私と柊子が、入れ替わった理由。

柊子と夏海に、友情が生まれたきっかけ。

真鴇の暗躍により、二人の友情に亀裂が入った原因。

「…………あ」

私は反射的に体を起こし、学校のスケジュール表を食い入るように見た。

今は十二月上旬。タイミング的にギリギリだが、まだ間に合うかもしれない。
私は即座に跳ね起きて着替え、とある番号に電話をかけた。
——きっとある。私だからこそ、やれることが。

6章　冬に咲く花

数日後、私は諸々の下準備を済ませた後で、柊子の病室へと向かっていた。

面会謝絶が解除されたことは、もちろん電話で確認済みだ。それでも、病院に向かう時の私は、内心緊張しまくっていた。あんな風に誰かと大喧嘩をしたなんて、事によると生まれて初めてのことだったかもしれない。気まずさがないと言えば、嘘になる。

病室のドアの前に立った私は、目を閉じ、深呼吸する。

大丈夫。回り道もあったけど、私はちゃんとゴールに近付けている。そう自分を鼓舞し、私はひと思いにドアを開けた。

ベッドに横たわる柊子は、入院当初とは見違えるほどの佇まいだった。

肌は青白く、充分な栄養が行っていないのか髪もボサボサだ。頬もこけて頬骨が露になっている。ただ、心なしか虚ろな目は、恐らく病気とは無関係だろう。

柊子はそんな幽霊のような顔で、お見舞いに来た私を見て、開口一番に尋ねた。

「答えは、決まりましたか？」

何のことであるかは、訊くまでもないことだ。

答え。私が戸張柊子として生き、柊子が赤月ようすがとして死ぬという提案。

私は間を置くことなく、きっぱりと断じた。

「ノーだよ、当然でしょ」

私の出した答えに、柊子はほんの僅かに眉を動かしただけだった。

私は腰に手を当て、鼻息荒く言った。

「私の体は、私だけのものだもん。柊子ちゃんにはあげられないよ。借りたものは、お互いにちゃんと返さなきゃ。そうでしょ？」

柊子は目を伏せ、ぼそぼそ声でぼやいた。

「そんなこと言ったって、返し方が分からない現状じゃ……」

耳聡く聞き付けた私は、指をパチンと鳴らし、ニヤリと笑って宣言した。

「そう。今日はそのことで来たの。今度こそ、この入れ替わりを戻せるかもしれない」

「えっ？」

瞠目する柊子に、私は今日までの出来事を長々と報告した。

夏海から全ての事実を聞いたこと、真鴇と話したこと。そして、それらを踏まえて、私が考えて行ったこと。

この入れ替わりが、柊子と夏海の決裂に端を発したものであるなら、そこには淡河真鴇の悪意が深く関わっている。逆に言えば、真鴇はこの入れ替わりを戻すための手がかりにもなっているのかもしれない——まず私はそう考えた。

しかし、昨日の会話を経て、真鴇の歪んだプライドは思った以上に強固であることが分かった。そのため私は、真鴇の周囲への干渉を試みることにした。真鴇を取り巻く人の意識が変われば、解職請求の危機感を抱き、真鴇も自らの過ちを認めざるを得ないという寸法だ。

真鴇が学校中に振りまいたマイナスの空気に対抗するには、それを吹き飛ばすほどのプラスの感情が必要。しかも、柊子と夏海に共感するそれを、できるだけたくさん。そのための効果的な場を考え、私はクリスマスパーティーを企画することにした。パーティーをきっかけにクラスメイトの隔たりを取り払い、真鴇の影響力を相対的に薄れさせようという魂胆だ。

とはいえ、パーティー開催を反対されては元も子もない。だから私は、五十嵐や雪村など、真鴇と一定の距離を置いているクラスメイトを中心に、参加の意思確認と簡単な依頼をした。

特別なことは何もしなくていい。「もっと生徒同士が親密になれる学校にしたい」という私の考えに共感してもらえるなら、ホームルームでの提案時に賛同してくれないか、と。過半数ほどの生徒が賛意を示せば、真鴇もおいそれと却下できないはず。

根回しを済ませた私は、ホームルームでクリスマスパーティーの提案をした。日時、参加費、開催の意義を、要領よく説明していく。

そして、締めくくりは次の言葉だ。

「メインイベントは、私と夏海の『冬に咲く花』です。絶対に、損はさせませんよ」

私の告げた一言で、眠たげにしていた生徒が何人か覚醒した。

「え？　霧島さんって、今学校来てないんじゃなかった？」

「っていうか、冬に咲く花って何？」

「ふふふ、それは当日のお楽しみです」

教室の方々で上がる声に、私は意味深に含み笑いしてみせた。

私の提案に、生徒達は好奇の眼差しを交わし合う。

「えー、何それ教えてよ、気になるじゃん」

「パーティーかぁ……どうする？　行く？」

「そうだねー、せっかくだし予定が無ければ参加しよっかな」

半分は、もちろん生徒の興味を引くこと。そしてもう半分は、真鴇に対するメッセージだ。真鴇が否定した冬に咲く花、そして夏海との友情をまだ捨てていないぞ、という。

果たして、真鴇の審判は――

「実に素晴らしいご提案です。私も是非、当日は参加させて頂きたい」

私を讃(たた)えるような、拍手によってもたらされた。

少なからぬクラスメイトは、真鴇の判断に驚いたようだった。クラスメイトが仲良く楽しむパーティーなど、真鴇は却下するか、そうでなくとも不参加を表明するものだとばかり思っていたのだろう。

だけど、私は真鴇が却下しない確信があった。真鴇としては、立場を無視した生徒同士の交流は気に入らない。しかし、今のクラスの空気は、明らかに私の提案を否定する流れではない。それならば、学校での開催を認めて自分も参加し、監視の目を働かせた方が効果的――そう判断するのは、自然なことだ。

真鴇は立ち上がり、大仰に胸に手を当てて続ける。

「戸張さんの理念に、私も強く心を打たれました。生徒会長として、パーティーの開催を承認するように働きかけましょう」

語る真鴇の笑顔は、パーティーを心から楽しみにしているというより、二言を許さない意味が込められているように思えた。

そして案の定、退路を塞ぐように、真鴇はにこやかに提案を持ちかけてくる。

「せっかくの機会です。他クラスや他学年の生徒も集めて、盛大にやりませんか？」

私が話し終えると、居心地の悪い沈黙が病室に漂った。

ややあって、柊子がおずおずと骨張った手を小さく上げる。

「……あの、いろいろ突っ込みたいところはあるんですけど……仮にそのパーティーが成功したとして、一体何になるんですか？」

柊子の根本的な質問に、私はしたり顔で胸を張ってみせた。

「そりゃあ、柊子ちゃんがクラスの人気者になれば、淡河さんをリコールできる可能性が高まるじゃん？　あわよくば次の生徒会長も狙えれば理想的なんだけど」

「まさかの政治工作ですか⁉」

「あはは、まぁもちろん、そっちの目的がメインなわけじゃなくてさ」

私は悪戯っぽく笑ってから、一転して真剣な表情になり、本命の答えを口にした。

「『冬に咲く花』の企画を成功させて、淡河さんに一泡吹かせれば、それは間違いなく柊子ちゃん達の自信になる。柊子ちゃんと夏海ちゃんが大事にしてきた思いに、確かな価値があったことを証明できる。そうなれば、また同じことを繰り返すなんて思わないでしょ？　これは、そのための足がかりなんだよ」

私はずっと思っていた。柊子の自信の無さが、真鴇への恐れが、入れ替わりの解消の妨げとなっているのではないかと。しかし、私がどれほど言葉ばかりを尽くしたところで、柊子と夏海の傷付いた心は癒えないだろう。

だからこそ、これは必要なことなのだ。入れ替わりを戻すためにも、そして柊子と夏海がこれから胸を張って生きるためにも。

　私の言葉を聞いた柊子は、深く俯いている。

「……どうしてですか？」

　かけ布団をギュッと握り、柊子は心底解せないという表情で問いかけてきた。

「このまま何もしなければ、よすがさんは何も嫌な思いをせずに、健康に生きられるのに……私の体で生きることが、そんなに嫌なんですか？」

「そんなわけないでしょうが。柊子ちゃんの人生、すごく楽しいんだから」

　お世辞でも何でもない、私の率直な答えだ。良いことずくめではなかったが、それもひっくるめて充実した毎日を過ごせていると思う。

　私の答えを聞いて、柊子は一層怪訝そうな表情で訊いてくる。

「じゃあどうしてですか？　この体に戻ったら、よすがさん、死ぬかもしれないんですよ。あんな取り返しの付かないことをした上に、ひどいことまで言った私のために、どうしてそこまでして……？」

　柊子なりに私のことを気遣ってくれている、その優しさは有り難い。しかし、些か行き違っているきらいがある。

　私は、柊子や夏海のためだけに、このような行動を起こしているわけではない。

「私にとっても、『冬に咲く花』は大事な思い出だから」

私にとっての『他人のため』は、『私のため』でもあることだ。望んで好んで自己犠牲に走るほど、私はお人好しじゃない。

窓の外を眺め、私は昔を思い出して目を細めた。

「私ね、小学生の時、すごく暗い性格だったんだ。今の柊子ちゃんなんか比べものにならないくらい。長く生きられないって知らされて、じゃあ私が生きる意味って何なんだろうって……周りにいらない同情とかされて、自暴自棄になってた。休みの日なんかはブラッと外に出て、一人で絵を描いて過ごしててさ」

誰にでもある、いわゆる黒歴史というものだ。

それでも、私はそんな小学生時代を、反省こそすれど否定すべき恥とは思っていない。その時代があったからこそ、今の私がいるのだと、そう確信している。

「あれも確か寒い時期だったなー。公園でスケッチしてたら、年下の女の子に『似顔絵を描いて』ってせがまれて、私は面倒だなぁと思いながら描いてあげたんだ。そしたらその子、私の拙い似顔絵を見て、すごく喜んでくれてさ。『私も絶対、お姉ちゃんみたいな画家さんになる』……なーんてことまで言われちゃって」

子どもは単純だ。ちょっとすごいものを見るだけで、簡単に尊敬の念を抱いてしまう。だけど私は、彼女のそんな単純さに救われた。ただの笑顔と、たった一言の感想で、私の心の暗雲に光が差した。

名前も何も聞かなかったから、その女の子が今、どこで何をしているかは知らない。彼女も私のことなんてもう覚えていないだろうけど、この世界のどこかで、誰かの希望となり続けてくれていたら嬉しい。

「その子の笑顔を見たら、私まですごく嬉しくなって、なんか小難しく考えてたことがバカらしくなってさ。いつ死ぬんだろうって悶々と生きるより、あの女の子にそうしてあげたように、誰かを喜ばせて自分も嬉しくなれる生き方をしたいって、そう思えた。あの『冬に咲く花』の絵は、その直後に描いた絵なんだよ。『どんな厳しい環境の中でも、必ず抱くべき希望はある』ってことを、みんなに伝えたかったんだ」

それは私が、最後まで前を向いて生きるという誓いの意味もあった。あの女の子の与えてくれた希望に、そして私のように恵まれない体に生まれた人々に、確かな価値があるということを証明するために。

あの子が気付かせてくれた大切な気持ちを、忘れないよう絵に描いて残した。肌寒い公園で屈託なく笑う少女の姿を、『冬に咲く花』になぞらえて。

「その子と出会っていなかったら、あの絵は生まれなかったし、私は陰気な性格のまま前の仕事を続けていたと思う。柊子ちゃんと夏海ちゃんの出会いも、もっと違うものになっていたかもしれない。だから、それを全部淡河さんに否定されたままなんてのは、私自身の気が済まないんだよ」

淡河真鴇が侮辱したのは、柊子と夏海だけではない。私やその女の子――いや、それだけじゃなく、私達と同じ理想を抱く全ての人々を否定したも同然なのだ。

それを私は、見過ごせない。人が人に託す大事な思いを、踏みにじらせたりしない。

彼女が嘲笑した『冬に咲く花』で、一泡吹かせなければ気が済まない。

「……よすがさん」

柊子は目を丸くしていた。いつも脳天気に振る舞っていたから、私の一面が意外に思えたのかもしれない。

柊子は瞳を潤ませ、洟を啜る。

「ごめんなさい。私が不貞腐れている間にも、よすがさんはそんなに強い覚悟で夏海や淡河さんとぶつかっていてくれたのに、当の私は『あんな絵がなければ』なんて無神経なことを言ったりして……すごく、自分が情けないです」

下がった柊子の視線に合わせ、私は下から柊子の顔を覗き込み、追い打ちをかける。

「本当だよ、柊子ちゃん。あの言葉、結構傷付いたんだからね？　あと、勝手に薬飲むのやめたことも」

「ご、ごめんなさい。本当に最悪なことをしたって思ってて……」

「本当に反省してる？　命懸ける？」

「は、反省してますよ。何いきなり小学生みたいなこと言ってるんですか……」

鼻白んだ様子で言い返す柊子に、私はにんまりと笑い、話を持ちかけた。

「それじゃあさ。私、柊子ちゃんに手伝ってほしいことがあるんだけど」

私の計画する『冬に咲く花』は、端的に言えば校内イルミネーションだ。外野からすれば単なる華やかなパーティーだが、これは真剣勝負だ。真鴇が否定した『冬に咲く花』の力で、真鴇が支配する生徒達を沸かせる。プライドの高い真鴇にとって、それは屈辱的なことだ。大事に育んできた想いの力で、真鴇という巨壁を乗り越えれば、きっと死にたがりの柊子に生きる活力が芽生える。夏海との友情も、前以上に深まることだろう。

それら全てが上手く嚙み合えば——私達の入れ替わりも、きっと元に戻る。紆余曲折を経てここまで辿り着いた今は、そう信じて行動するしかない。

金曜日の下校時刻後、私と夏海と外出許可を取った柊子の三人で、学校の木にイルミネーションの飾り付けを行う。そして日曜日に校庭を開放し、みんなで光の花を見物するという寸法だ。イルミネーションの存在がバレないよう、正門は封鎖し、裏門からのみ入れるように段取りを組む。

私はラインで同僚にコンタクトを取り、「入院中の子どもを喜ばせたい」と適当な理由をでっち上げて、勤務先のイベント企画会社から照明器具のレンタルに成功していた。

もちろん有償だが、有り難いことに従業員特価で提供してくれたし、私自身も長期入院に備えて貯蓄を続けていたから、手配に際しての支障はなかった。納品を待つ間、学校の先生に事情を話して校庭の図面コピーを入手し、延長ケーブルや電飾の詳細な配置を練った。

当然と言えば当然だが、〝赤月よすが〟の外出許可については少々手間取った。歩き回れる程度の小康状態まで快復したとはいえ、緊急搬送に入院中の容態急変とくれば、次にいつぶっ倒れるか分かったものではない。しかし――いや、だからこそ柊子は主治医に強く訴えかけ、許可をもぎ取ってくれた。『思い残すことがないように』と、主治医が患者の意思を尊重してくれたこともあるのだろう。

先が短いことを改めて思い知らされる形になったが、私の中に恐れはなかった。本当に恐ろしいのは、大事なことをやり残したまま死んでしまうことだ。私が懸けられるものは、全て懸けて挑んでやる。

「でも、本当にこんなことで上手くいくのかなぁ？」

暮れなずむ校庭で取り付け作業をしながら、夏海は不安そうに呟いた。

ＬＥＤランプがいくつも付いた電線を、憂うようにじっと見つめる。

「イルミネーションなんて、冬になればどこでもやってるよ。家でやってる人だって、それなりにいると思うし……」

夏海の懸念は、もっともだ。『冬に咲く花』が一応サプライズである以上、生徒が学校にいない間に作業をしなければならないし、設置したことに気付かれてもいけない。手配だけなら何度もしたことがあるけど、取り付けをしたことはないし、中学生にどこまで通用するのかは完全に未知数だ。

それでも、私は胸を張り、どこまでも自信満々に断言した。

「大丈夫だよ。このイルミネーションには、見た人を虜にする、よすがお姉さんのすごい魔法がかかっているから」

どこにも負けない、最高の花を咲かせる自信が、私にはあった。

手持ちの照明を枝に引っかけ、夏海は喉の奥で小さく唸る。

「うーん……でも、それもあるんだけど、他にも気になることがあって……」

照明の入っている箱に、夏海が手を伸ばした時。

「あっ」

夏海の手が偶然、同時に箱を探ろうとした柊子の手と触れた。

正確には、柊子の人格が入っている私の手と、だ。間近で顔を見合わせ、沈黙する。

しばらく二人は見つめ合ったままだったが、結局それ以上の進展はなかった。

「……私、あっちの方やってくる」

夏海はイルミネーションを適当に一束摑むと、素っ気ない一言だけ残し、離れた場所の飾り付けに向かった。

　冬に咲く花の企画は、準備の協力を通して仲直りさせることも目的だったのだが、やはり決裂の根は深そうだ。

「柊子ちゃんも行ってくれれば？　背の高い人がいた方がいいと思うし、夏海ちゃんと二人きりで話すチャンスだよ」

　私がそう提案すると、柊子は震える右手を押さえ、蚊の鳴くような声で言った。

「……何を話せばいいのか、分からなくて」

　柊子は鼻を啜り、自己嫌悪の表情で俯いた。

「話したいことはいっぱいあるはずなのに、夏海と面と向かうのが怖いんです。拒否されたらどうしよう、仲直りできなかったらどうしよう、って」

　言いながら私は、夏海の向かった方を見る。取り付け作業をする夏海が、こちらに背を向けているのは、十中八九わざとだろう。

　二人とも素直じゃないなぁ、と私は頭を掻いた。

「何もしなければ、少なくともこれ以上は関係が悪化しない……って？」

　私の質問に、柊子は気まずそうにごく小さく頷く。

　充分な時間さえあれば、それもまた一つの選択かもしれない。ただ、今はその『何も変わらないこと』が、最大のリスクなのだ。

「柊子ちゃん。今、当たり前にあるものが、いつまでも残るものだと思っちゃダメだよ。人生は何が起こるか分からない。どれだけ沢山お金を持っていて、いい仕事に就いていたって、詐欺とかリストラに遭って一文無しになるかもしれない。どれだけ健康な体を持っていたって、通り魔だとか事故だとかに巻き込まれるかもしれない。それは私も、柊子ちゃんも、夏海ちゃんだって同じことなんだよ」

私の言葉で、柊子の喉がひくっと動いた。

唇を噛む柊子に、私は更に畳みかける。

「だから常に考えて、自分にとって一番いいと思える選択をし続けなきゃいけないの。柊子ちゃんにとっての『一番いい選択肢』は、本当に現状維持？　今の自分を変えたいと思ったから、私を信じてここに来てくれたんじゃないの？」

「……私は……」

柊子の迷いは、一瞬だった。

顔を上げ、私に向かってはっきりと断言する。

「嫌、です。このまま、夏海と仲直りできないのは、すごく怖い。多分、死ぬよりも」

私は頬を緩め、柊子の勇気を歓迎した。

「じゃあ、答えは決まってるね。大丈夫だよ。冬に花を咲かせることとか、ましてや死ぬことに比べたら、友達との仲直りなんてかわいいものだよ」

柊子が恐れを抱くのは、それだけ夏海との友情を大事に思っていたことの証左だ。ここで逃げ出したところで、後から押し寄せる後悔は、今の不安の比ではない。柊子もそのことは、身に染みて分かっているはず。

今の柊子に必要なのは、背中を少し押してもらうための、たった一言だ。

「面と向かうのが怖い？　細かいこと気にすんなよ。今の柊子ちゃんは、赤月よすが（わたし）なんだからさ」

私はそんな言葉と手のひらで柊子の背を押し、威勢よく発破をかけた。

「私に恥掻かすくらいの勢いで、どーんと行ってきな」

「……はい！」

柊子は勢いよく頷くと、夏海の元に駆け寄っていく。

声は聞こえなかったけど、私は心配していなかった。あまりじろじろ見るのも野暮だと思い、私は自分の作業に集中することにした。

柊子が近付くと、足音を聞き付けた夏海が振り返った。

よすがの肉体に入った柊子は、所在無げに縮こまり、消え入りそうな声で一言。

「……背が高い人がいた方がいいかなって」

夏海は柊子の全身をしげしげと眺め、鼻を鳴らして皮肉っぽく言った。

「しばらく見ない間に、随分大きくなったね、柊子」

「……へへ」

柊子は恥ずかしそうにはにかんだ後、キュッと口元を引き結び、深々と頭を下げた。

「ごめん、夏海」

俯いた柊子の目尻に、涙が溢れ、滴り落ちる。

柊子は洟を啜り、頭を下げたまま言葉を紡ぐ。

「本当に、最低だった。あの日、私が夏海に言った言葉は、淡河さんの指示だけど、それだけじゃないの。実は私、『夏海なら後で謝ればきっと許してくれる』って、心のどこかで甘えてた。親友だからって……ううん、親友だからこそ絶対に言っちゃいけないことだってあるのに、私はそのことに気付くのが遅すぎたんだ」

顔を上げた柊子は、目を真っ赤に充血させながら、上着のポケットから小さな紙箱を取り出した。

中に入っていたものは、病室で作っていたビーズの髪飾りだ。よすがが夏海と一緒にパーティーの準備をすることを伝えにきた時、よすがに頼んで材料を買ってきてもらっていた。

慣れない手先で作ったそれを、柊子はまっすぐ差し出す。

「もう二度と、あんな過ちは繰り返さない。殴られても蹴られても、それでも一生かけて償うって約束する。だから、どうか……私の友達に、戻ってほしいんだ」

暫し、夏海は何も言わなかった。

柊子の顔と髪飾りをゆっくりと見比べ、徐に目を閉じる。

「……柊子ってさ、まだ植物学の研究者になりたいと思ってるの？」

「う、うん。そのために大学もいろいろ調べてて――」

夏海は柊子に歩み寄り、その手に持った小箱を、容赦なくはたき落とした。

小箱が落ち、中の髪飾りが砂にまみれる。

「無駄だよ、そんなの」

そして、夏海はそんな冷酷な言葉で、柊子を貫いた。

目を見開く柊子にも、夏海の口撃は止まらない。

「研究者になって、それを仕事として続けることがどれだけ大変か、分かってるの？　研究者なんて、柊子が考えるような、華やかで格好いいものじゃない。多忙で、薄給で、やりたい研究なんか全然できなくて、心と体を病んで辞めていくような仕事だよ。淡河さんにビビッて言いなりになった柊子が、そんな仕事に耐えきれると思えない」

柊子の体が震える。口元が、まるで凍えているかのように戦慄(わなな)く。

夏海はとどめとばかりに声量を上げ、否定の言葉を並べ立てた。

「だから、無駄なの。意味がない。時間とお金がもったいない。分かる？　さっさと諦めて他の道を探した方が、柊子の両親も絶対に喜ぶって」

夏海が言い終えると、長い沈黙が漂った。

夏海と対峙する柊子は、今にも泣きそうだ。どんな暴力よりも、夏海のその言葉は、柊子の心の深いところを抉った。

肩を上下させ、盛んに白い息を吐きながら、柊子は必死に空気を掻き集める。

「……それでも、私は」

柊子の惨めな佇まいを見るに堪えなくなった夏海は、髪を荒っぽく掻いて言った。

「………あーもう、やっぱりこういうの向いてないな、私」

夏海の声音には、自己嫌悪の色が滲んでいた。

呆けたような顔をする柊子に、夏海は真剣そのものの表情で釘を刺す。

「柊子がやったことは、こういうことなの。大事な想いを否定されるつらさを、絶対に忘れないで。私だけじゃなくて、他の人に対しても、そんなことしないって約束して」

途端、柊子は毅然とした表情になり、涙を拭って宣言した。

「分かった、絶対に忘れないって約束する」

柊子の言葉を受け、夏海は叩き落とした髪飾りを拾い上げた。

砂を払い、自分の髪に括り付ける。手作りの歪な髪飾りは、今の夏海には何よりも似合うアクセサリーに思えた。

そして、夏海はようやく自然に顔を綻ばせ、言った。

「分かってくれたなら、それでいいよ。怒り続けるのって、結構疲れるからさ」

その言葉を聞いた柊子は、安堵の涙を滲ませ、声もなく頷いた。

それから二人は、イルミネーションの取り付け作業に戻った。協力して作業を行う傍ら、夏海は口を開く。

「私も、画家になる夢、まだ諦めてないから」

柊子が見た夏海の横顔は、同じ中学生とは思えないほど、凜然としていた。

休まず手を動かしながら、夏海は続ける。

「ようがさんにも言ったけど、スランプっていうのかな。絵を描くどころか、輪郭とか単純な線すら満足に描けなくなっちゃって。元通りの絵を描けるようになるまで、どれくらい時間がかかるか分からないけど……それでも、練習して少しずつ上手くなって、必ず中学生の間に入賞してみせるよ」

そして、夏海は柊子の方を見て、屈託なく笑った。

「やっぱり私、絵を描くの、大好きだから」

夏海の決意を聞いた柊子は、嬉しいと思う反面、深い罪悪感を同時に味わっていた。

明るく振る舞ってこそいるが、簡単な話ではない。ただでさえ困難な、画家としての夏海の道、柊子はそれを妨害したも同然なのだ。

「……私は夏海の大事なものを、たくさん奪っちゃったんだね」

俯いて呟く柊子に、夏海は小さく首を横に振って言った。

「あのね、実は私も、少し後悔してたんだ」

夏海は手元の電飾を見つめ、白い息を零す。

「ショックが大きくてそれどころじゃなかったけど、もうちょっと冷静になって柊子と話すべきだったのかもしれないって。何か事情があるなんて、分かり切ってたことだったんだから。私、柊子と仲良くする淡河さんに、ちょっとだけ嫉妬してたみたい」

そこで夏海は顔を上げ、柊子に尋ねた。

「一応訊いておくけど、淡河さんに脅されたんだよね？　何て言われたの？」

「『言う通りにしないと、〝淡河システムズ〟の子会社に勤める戸張さんのお父さんを辞めさせる』って遠回しに……でもよく考えたら、中学生にそんな権力があるわけないいんだよね。もし本当に辞めさせられたら、夏海のケーキ屋さんで働かせてもらえばいいんだし、気にすること全然なかったな」

「あはは。……いや、笑いごとじゃないんだけどさ。淡河さん、本当にやることがエグいよね」

「うん。だけど、今はそのエグさも、私達にとって無関係じゃないと思うんだ」

柊子は体ごと夏海に向き直り、真剣そのものの表情で切り出した。

「ねぇ夏海、私、考えてることがあるの。できれば、夏海にも付き合ってほしい」

それを見た夏海は、頭の髪飾りに手を遣り、悪戯っぽい笑顔で応じた。

「言ってみてよ。多分、私も柊子と同じこと考えてると思う」


数時間後、私達はクタクタになりながらも、何とか飾り付けをやり遂げた。

柊子と夏海は肩を並べ、達成感に笑い合っていた。夏海の頭には、あの柊子の手作りの髪飾りが括られている。この様子だと、二人は本当の意味で和解できたのだろう。

私は胸を撫で下ろしつつ——同時に、妙な違和感を覚えていた。

決裂を乗り越えて親友に戻れた今、柊子と夏海が再び真鴇の悪意に屈することは無いだろう。柊子の自殺願望は、あくまで夏海との不本意な決裂が原因……そう考えれば、私と柊子の入れ替わりは、もう戻ってもいいはずなのだ。これから真鴇と付ける決着も、突き詰めればそのためのアクションなのだから。

だけど実際問題として、私と柊子の体は戻らなかった。

帰路についた私は、冬の大三角を見上げながら、ぼんやりと思いを馳せていた。

これは不可逆的な現象なのか。それとも、やはり真鴇との直接対決が不可避なのか。

或いは——私が気付いていない条件が、まだ残っているのか。

——三つ目だとしたら、残りの足りないピースは、一体何なんだろう？

柊子達三人が、閉門後の学校から撤収する姿を、観察している者がいた。

学校の裏門側にある喫茶店の、窓際で張っていた女子生徒は、柊子達の姿を認めるや即座に電話をかける。

「淡河さん、連中が撤収しました。流石の読み通りですね」

「ご苦労、私もすぐに向かいます。あなたも入り口で待機を」

十分後には、学校の裏門に、淡河真鴇と二人の取り巻きが揃っていた。

インターホンを押して「忘れ物をした」と出任せを言い、真鴇達は校庭に向かう。

適当な木を見上げると、そこにはイルミネーションが、夜目でも分かるくらい大雑把に取り付けられている。

「全く、これだから凡人の考えは……」

真鴇はポケットから取り出したハサミで、躊躇うことなく線を切る。

「悉く予想通りで目眩がしますよ。そもそも、こんな子ども騙しに我が校の生徒が感動すると、本気で思っているのかしら？　お花畑もいいところね」

真鴇達は三手に分かれ、一つの木のイルミネーションにつき、五ヶ所ほどを念入りに切断した。破壊したことがすぐに分からないよう、巧妙に調整を加えながら。

十分もする頃には、全てのイルミネーションの破壊が完了した。

あれほど大層な啖呵を切った柊子が、パーティーで大恥を掻く姿を想像し、真鴇は酷薄にほくそ笑んだ。

「ふふ……残念です。冬に咲く花、見られなくなっちゃいましたね」

＊　＊　＊　＊　＊　＊

淡河真鴇は、生まれながらにして『才色兼備の令嬢』の地位をほしいままにしていたわけではなかった。

小学校時代、真鴇はいわゆるでき損ないと称される側の人間だった。専属の家庭教師が付けられているにも拘わらず、物覚えが非常に悪く、五年生まではテストの成績は下から数えた方がよっぽど早いくらいだった。

劣等感に苛まれていた真鴇は、父親のことが苦手だった。

「真鴇、何だこの体たらくは」

その日も、真鴇は父の書斎に呼び出され、厳しい叱責を受けていた。

「いつまでこんなふざけた成績を取るつもりだ。お前の家庭教師代に、これまで一体いくら費やしていると思っている」

決して怒鳴り散らし、暴力を振るうものではない。それでも、淡々と事実を提示するその口調は、まるで感情が欠落しているようで、真鴇にはそれが恐ろしかった。

頭を垂れ、真鴇は消え入りそうな声で応える。

「……申し訳ありません」

腕組みする父は、神経質に二の腕を指で叩き、真鴇に問いかけた。

「真鴇。頭の悪い人間が行き着く先が何か分かるか？」

突然の質問に、真鴇は脳をフルスピードで回転させた。

しかし、どれほど考えても、父が満足するような答えが思い浮かばない。下手に間違いを口にしてしまえば、余計に怒られてしまうかもしれない。その想像が、真鴇の思考と自信を余計に奪っていく。

「……分かりません」

縮こまって正直にそう言うと、父は聞こえよがしの溜息を吐き、答えを口にした。

「惨めな孤独と、無様な死だ。誰からも愛されず、必要とされず、戯れに搾取され甚振(いたぶ)られ、そして散々苦しんだ挙句に死ぬ。そうなった人間を、私は実際に何人も見てきている。真鴇、お前はそんな惨めな人生を送りたいのか？」

告げられた残酷な真実に、真鴇は目の前が真っ暗になるような気持ちになった。

真鴇は今にも泣き出しそうになり、藁にも縋る思いで父に訴えかける。

「おっ、お父さんは私のことを、見捨てないですよね？　私のことを愛さなくなるなんて、そんなことはないですよね？」

「見捨てたくないから、わざわざ貴重な時間を割いてこんなことを言っているんだ。それが嫌なら、もっと考えて努力しろ」

父はイエスでもノーでもなく、それだけ言って椅子を回転させ、真鴇に背を向けた。

話が終わったことを理解し、真鴇は肩を落として呟く。

「……はい」

真鴇の中には、かつてない不安と恐怖が渦巻いていた。

無縁だとばかり思っていた孤独と死が、一気に身近に感じられ、ひどく怯えるようになった。見捨てられないために勉強をしなければと思っても、押し寄せるプレッシャーのせいで、むしろ前より内容が頭に入らなくなるほどだった。

このままではいけない。このままでは、自分は父の言う通り、孤独と絶望の中で生涯を終えることになってしまう。

焦燥に駆られた真鴇は、学校のクラスメイトに迫った。

「ね、ね、私達、友達だよね？　必要じゃなくなって見捨てるなんて、そんなことしないよね？」

「え？　いきなりどうしたの、淡河さん……」

突然真鴇に詰め寄られ、クラスメイトは困惑した様子だ。

彼女の態度を見て、一層の不安に駆られた真鴇は、肩で息をしながら彼女の肩に手を置いた。

「お願い！　私のこと見捨てないで！　私、本当に頑張るから！　私にできることなら、何でもするから！」

真鴇の焦りようを見た彼女は、ひっそりと口の端を上げ、わざとらしい抑揚を付けて言った。

「んー、何のメリットも無くってのは、ちょっとねぇ。私も暇じゃないしさ」

「そんな……」

「でも、淡河さんちって、すごいお金持ちなんでしょ？　ちょっと私にお金を分けてくれるなら、考えてあげてもいいかなぁ」

恐らく、最初から明白な悪意があったわけではない。ただ、必死な様子のクラスメイトを、ちょっぴりからかってやろうという気持ちがあっただけだろう。真鴇にしても、正常な思考ができていれば、彼女の言葉が冗談であると気付けたはずだ。

しかし、パニック状態に陥った真鴇にとって、その言葉は渡りに船だった。

「お金……うん、分かったよ！」

笑顔でそう返事をした、次の日。

真鴇が差し出した封筒の中を見た彼女は、驚愕した。

周囲を警戒し、声を潜めて真鴇に尋ねる。

「いっ、いいの？　こんないっぱいもらっちゃって……」

「もちろんだよ！　だから、私と友達で居続けて！　困った時は助けて、私を一人にしないで！」

金を惜しむ気はなかった。彼女が自分の友人でいてくれることが、真鴇にとっては何よりの救いだった。

真鴇は小学生としては破格の大金を持っていたが、欲しいものに不自由していなかったから、金に対する執着心が薄かった。真鴇が気前よく金をバラ撒くようになると、真鴇はあっという間にクラスの人気者になった。みんなに喜んでもらえると、真鴇も嬉しくなった。

孤独の未来への不安が払拭され、真鴇は打って変わって明るい性格になった。あれほど恐れていた父に、深く感謝さえするようになった。

ある日の帰宅時、真鴇は偶然、玄関で父と出くわした。

その厳格な表情に怯えることは、もうない。真鴇は笑顔で、父の帰宅を歓迎した。

「あっ、お父さん、お帰りなさい！　今日は早いんだね！」

「ああ、仕事が早く片付いてな……真鴇、何を買ってきたんだ？」

真鴇の手元のレジ袋を見て、父は怪訝な顔をした。

真鴇は袋に手を突っ込み、中の商品を取り出す。

「これは封筒だよ！　ね、すごく可愛いでしょ？」

いかにも女子小学生が使うような、キャラクター物の封筒だ。

父は一層眉間に皺を寄せ、重ねて問う。

「何に使うつもりだ？　手紙でも送るのか？」

真鴇にもう少し機転があれば、或いは上手くごまかせていたかもしれない。しかし当時の真鴇は、自分にできた友達のことを、父に話したくてうずうずしていた。

父に振られた話題を好機とばかりに、真鴇は威勢よく口走ってしまった。

「あのね、私、学校のクラスメイトに友達代をあげてるの！　たったそれだけのことで、みんなすごく仲良くしてくれて——」

バチン、という音が何なのか、最初は分からなかった。

頰を叩かれた衝撃だと気付いたのは、無様に床にくずおれてからのことだった。

あまりにも想定外の出来事に、声を発することすらできないでいると、父は初めて見るような形相で真鴇を睨み付けている。

「何を考えている、真鴇」

口調も表情も、真鴇のことを案ずる意思など、父からは微塵も感じられなかった。

父の言動の理由が分からず、真鴇は何度も瞬きを繰り返す。

「え……お父さん、どうして……」

真鴇は、父に褒めてもらうことを期待していた。自分の発想と行動で、友達を作ったことを、評価してもらえると思っていた。ただ、これくらいの機転は当然だと、冷たくあしらわれる諦観も抱いていた。

しかし、今の父が真鴇に向ける感情は、感心でも無関心でもない。

初めて見せる、しかし疑いようのない、激昂だ。

「なぜそんなことをした。私は、お前にそんなことをさせるために、金を渡していたわけではない」

どこまでも一方通行な父の言葉に、真鴇の中で何かがカッと燃え上がった。

それは、真鴇もまた初めて抱いた、怒りの感情だった。

「……どうして？　お父さんだって、自分の社員さんとか私の家庭教師に、いっぱいお金を渡してるじゃん！」

真鴇の精一杯の剣幕に、父は眉一つ動かさず切り返す。

「それとこれとは違う。私が金を渡すのは、私にとって有益な働きをしてくれた者に対してだ。真鴇が金を渡した連中は、お前に一体何をもたらした？」

「私は嬉しかった！　一緒に遊んでくれて、いっぱい感謝してもらえて、嬉しかったもん！　みんな、私に『嬉しい』をくれてるもん！」

泣き喚き、暴れる真鴇の肩に手を置き、父は真鴇の目を見て言った。

「目を覚ませ、真鴇。お前が金を渡している連中は、お前のことを友達だとは思っていない。ただ、都合のいい金づるとして利用されているだけだ。そうならないよう、私はお前に勉強をするように言いつけてきたんだ。一時の感情に惑わされるな。このままだと、お前は必ず後悔することになる」

こんな風に父と間近で言葉を交わしたのは、久々のことだった。

しかし、彼の言葉を素直に受け入れるには、真鴇の心はあまりにも荒れすぎていた。

「分かんないじゃん、そんなの！　きっかけがお金でも、そこから本物の友達になれることだって、あるかもしれないじゃん！」

正論だろうと何だろうと、関係ない。期待を裏切られた感情の強さのあまり、父の全てを否定したくてたまらなかった。

真鴇が聞き分けないと理解したらしい父は、溜息を吐いて真鴇を解放した。

「そう思うなら、もう私はお前に金を渡さん。愚か者のお前は、私の言葉が正しかったことを、経験から学べ」

「勝手にすればいいじゃん！　お父さんなんか、大っ嫌い！」

真鴇は捨て台詞を吐き、逃げるように走り去った。その日の真鴇は、シャワーも浴びず、一晩中ベッドの中でむせび泣いた。

翌日の父は、至って普段通りで、昨日のことなど気にも留めていないようだった。

しかし、真鴇は違った。父とは一生口を聞いてやらない、叶うなら今すぐこの家を出て行きたいと、本気でそう思った。

真鴇には自信があった。真鴇の友人は、いつだって真鴇の味方をしてくれたし、困ったら助けてくれるって何度も言ってくれた。だから、真鴇が困っている今、彼女らが自分を助けない理由など、あるはずもなかった。

ある日、一番の友人のクラスメイトが、真鴇に尋ねてきた。

「ねぇ、淡河さん。今週分の友達代は？」

面と向かって請求されたのは、初めてのことだった。

真鴇は少し後ろめたさを覚えながらも、顔の前で手を合わせ、頭を下げる。

「ごっ、ごめんね。最近、お金が少し足りなくなってきてて……もう、前みたいにお金を渡すことは、できないと思うんだ」

真鴇の答えを聞いた瞬間、彼女の表情はひどく冷めたものになった。

「……へぇ、そう」

その声は、まるで別人かと聞き紛うほどに低い。

怯んだ真鴇は、顔色を窺いながら、おずおずと彼女に問いかける。

「……あの、私達、友達だよね？　お金がなくなったからって友達じゃなくなることとなんて、ないよね？　私を見捨てないって、言ってくれたもんね？」

真鴇の質問で我に返った様子で、彼女は満面の笑みで応じた。

「もちろんだよ！　淡河さんは、私の一番の友達だもん！」

その答えを聞いて、真鴇は胸を撫で下ろした。直前の態度が気になったのは確かだが、それもただの気のせいだと、深く捉えることはなかった。

金をバラ撒かなくなっても、クラスメイトは友好的に接してくれた。真鴇が金をバラ撒かなければ、きっとこんな風にはならなかったはずだ。自分の考えが正しかったことに、真鴇は自信を持ち、見る目のない父親を内心で扱き下ろしていた。

しかし、ある日を境に、状況は一変することになる。

「あの、教科書忘れちゃって、見せてもらえないかな……？」

「嫌だよ、忘れた方が悪いじゃん」

「あの、ここが分からないんだけど……」

「先生に訊いて。私、忙しいから」

それまで真鴇を慕ってくれていたクラスメイトが、示し合わせたように冷淡な態度を取るようになっていた。真鴇がどれほど丁寧に接しても、ニコリともせず、鬱陶しそうにあしらうばかり。

心当たりがないわけではない。それでも、純朴な真鴇は、俄かには信じられなかった。

あれほど堂々と『最高の友達』と宣言していたにも拘わらず、金を渡さなくなったというただそれだけで、信じていた友情を反故にされるなんて。

疑いたくない。だけど、このまま信じ続けるのも、同じくらい怖い。

ある日、真鴇はICレコーダーを自分の机の中に仕込み、仮病を使って学校を休んだ。真鴇のいない所で、彼女らが自分のことをどう言っているか聞き出すためだ。次の日、真鴇はレコーダーを回収し、休み時間の録音を再生した。

彼女らが真鴇を毛嫌いしていたとしても、本音をその日、教室で語るとは限らない。それでも、真鴇としては、このような行為は一回きりにするつもりでいた。再生する時の真鴇は、心臓が弾け飛びそうなほどに緊張していた。二度も三度も同じことを行う勇気は、真鴇にはなかった。

この録音で証拠が得られなければ、真実がどうであれ、もう疑うのはやめにしよう。

そんな真鴇のささやかな期待は、滑稽なほどにあっけなく打ち砕かれた。

『私達を試してるのかと思ってたけど、なんかもう、本当にダメっぽいなぁ』

『ま、そろそろいいんじゃない？　ボーナスステージ終了ってことでさ』

『せっかく私達が友達になってあげたってのに。お金バラ撒くしか能のないお花畑のくせに、何勘違いしてるんだろうね』

『っていうか、今日の淡河さん、絶対仮病だよね。勉強が嫌だからって何様のつもりなんだろ』

『いっそ本当に病気で死んだ方がマシかもね。親だっていい迷惑でしょ、あんなバカな子どもを産んじゃって』

『死因は何？　バカ病？』

『あはは、淡河さん泣いちゃう泣いちゃう』

レコーダーから流れ出る言葉の意味を、真鴇は俄かには理解できなかった。

苦しい。息ができない。もう聞きたくないのに、指先が震えるせいで停止できない。

そんな間にも、真鴇を嘲る言葉は、とどまるところを知らない。

真鴇は強烈な吐き気を覚え、レコーダーを壁に叩き付けると、トイレに駆け込んだ。

胃の中の内容物を全て吐き出しても、真鴇の震えは止まらない。

壁に額を打ち付け、真鴇は大声で泣きわめいた。

父の言葉は正しかった。誰も、真鴇のことを友達だなんて思っていなかった。彼女らにとって真鴇は、都合のいい金づる、ＡＴＭ程度の存在でしかなかった。

誰の声も届かないトイレの個室で、涙の涸れ果てるまで泣き続けた真鴇は。

涙を拭い、一つの決意を胸に立ち上がった。

それからの真鴇は、人が変わったように勉強に打ち込んだ。

その集中ぶりときたら、睡眠も食事も失念するほどのそれだった。これまでの成績不振が嘘のようにあらゆる知識を吸収し、六年生の二学期が始まる頃には、高校受験の範囲までマスターしていた。それでも飽き足らず、真鴇は出遅れた自分を戒めるように勉強を積み重ね続けた。

当然、小学六年生の指導要領など、真鴇にとっては余りにも退屈極まるものだった。時には教師よりも優れた知性を発揮することもあった。そして、そんなレベルで頭を抱える同年代の児童らを見て、真鴇は優越感以上の嫌悪感を抱くようになった。

――この程度の問題が、どうして解けないの？

教室で下らない話題に華を咲かせる彼らは、まるで動物園の猿か何かにしか見えなかった。同じ人類であることが信じられず、また自分がかつて彼らと同じフィールドに立っていたことが、凄まじい恥としか思えなかった。

彼らと対等な友人関係を築くなど、今の真鴇には考えられないことだった。

無知は罪だ。無学は悪だ。知らないから都合よく騙され、学ばないから良いように搾取される。そうやって小狡(ずる)いクズ共に味を占められ、善良な心に付け込まれる。だからこそ、その屈辱を知る真鴇には、義務がある。優れた人間を啓蒙(けいもう)し、劣る人間の性根を叩き直す義務が。

進学先である雲雀島女子中学校の生徒は、優しく穏やかだった。ただ、真鴇に言わせるなら、甘く軟弱だった。彼女らは、まだ知らない。自分達を笑顔と舌先三寸で篭絡し、貶める存在を。そんな敵意の存在など露知らず、呑気に毎日を過ごす彼女らを見ていると、昔の自分を見ているかのようで、真鴇は無性に落ち着かなかった。

——自分と同じ悲劇を、味わわせてはならない。

真鴇は、彼女らを正しく導く使命感に燃えていた。三年生まで含めても、自分より優秀な生徒がいないこともまた、真鴇の強迫観念じみた正義感に拍車をかけていた。

生徒会役員および各クラスの級長を成績優秀者で固め、定例会議ごとに真鴇の教えを説く。密室空間での首席生徒の演説は、無垢な少女らを易々と虜にし、あれよあれよという間に真鴇の定めたルールが承認・施行された。啓蒙活動が理想的に進んだことで、真鴇はある種の全能感に浸っていた。

そんな全肯定に慣れ切っていたから、無性に腹が立った。取り立てて才能もないケーキ屋の娘ごときが、〝友達〟などという幻想に酔いしれ、身の程知らずに自分に歯向かったことが。

身をもって教えてやらなければならない。友達という存在が、如何に無意味なものであるかということを。そして、真鴇の考え方が、如何に正しく価値あるものであるかということを。

「戸張さん。私は少し、この学校を物足りなく感じていました」

クラスメイトの戸張柊子が、隣のクラスの霧島夏海と親友であることは、真鴇も知っていた。

これまで柊子とはほとんど口を利いたこともなかったが、真鴇は改まって白々と切り出した。

「あまり大きな声では言えないのですが、私と対等にお話ができる生徒は、あまりにも少なくて……しかし、戸張さんの優秀さは本物です。あなたとなら、きっと本物の友人になれる、私はそう思っています」

真鴇の笑顔の裏など疑う素振りも見せず、柊子は無邪気に笑って答えた。

「ありがとう！　淡河さんにそう思ってもらえると、私も嬉しいよ」

あまりにも思い通りに事が運ぶのが可笑しく、真鴇は残酷に微笑んだ。

それから真鴇は、言葉巧みに柊子と友達ごっこを続け、柊子の父親の勤め先が〝淡河システムズ〟の関連会社であることや、夏海との思い出話を訊き出すことに成功した。

使える、と思った。真鴇は柊子に「私も『冬に咲く花』の絵を見たい」と希望を伝え、一緒にその絵を見に行って場所を把握すると、作者である『赤月よすが』の親族を騙ってその絵を回収した。

ここまで来れば、もう柊子との友達ごっこを続ける義理もない。

「ねえ戸張さん。罪悪感を覚える必要なんてないんですよ。霧島さんが私に何て言ったになるか、ちょっと考えれば簡単に分かるはずですよ」
か、忘れたわけじゃないでしょう？　私と霧島さん、どちらが友人としてあなたの利益

「で、でも私、とてもそんなこと……」
「これはあなたのためでもあるんですよ。あんなでき損ないの生徒、とても戸張さんに釣り合う器ではありません。もっとも……それでも霧島さんの肩を持つというのなら、私はあなたと友人関係ではいられなくなってしまいますね。そうなれば、子会社に勤めるあなたのお父様の処遇も、私には関知しかねますが」

選択の余地など、あってないようなものだ。柊子は真鴇の指示通りに夏海を裏切り、夏海は絶望の表情で膝をついた。

放心状態の夏海と、柊子が泣きじゃくる姿を前に、真鴇は陶酔に浸っていた。

その瞬間が、背徳的なまでに心地よかったがために。

──あれ？

自分自身が胸中で上げた疑問すら、真鴇は容赦なく握り潰してしまった。

──私、何のために、こんなことをしていたんだっけ？

＊　＊　＊　＊　＊

パーティー当日は、あっという間にやってきた。

午後四時になり、制服姿で現れた生徒達は、四階の広い多目的教室に集まっていた。

教室には、私達が準備した飲食物がずらりと並んでいる。

ジュースやクラッカーに始まり、サラダ、サンドイッチ、寿司(すし)、チキン、ケーキ等々。

費用は参加費から充当し、不足分は私のポケットマネーの持ち出しだ。

少なからぬ生徒達の目が輝いていることに、私は気付いていた。所詮はスーパーの総菜や菓子だが、慣れ親しんだ学校でクラスメイトと味わうそれは、単なるパーティー以上の特別感があるものだ。

パーティーの状況を俯瞰(ふかん)的に眺める私に、声をかけてきた生徒がいた。

「戸張さん。その人、誰？」

私の傍らに立つ柊子の姿を見て、その生徒はそう尋ねた。

柊子とは言っても、言わずもがなその外見は私、赤月よすがのものだ。生徒水入らずのパーティーに大人の部外者がいれば、気になるのは当然と言える。

振り返った私は、柊子とアイコンタクトを取り、努めて自然に答えた。

「あー、この人は私の……いとこだよ。赤月よすがさんって言うんだ。今日は設営を手伝ってもらってて」

「へー、こんにちは。今日はどうぞよろしくお願い……あっ」

その生徒が口を噤んだ理由は、明らかだった。

淡河真鴇が、私の側に歩み寄ってきたのだ。生徒達は露骨に真鴇を意識するようになり、私に声をかけた生徒も、足早に私の元から立ち去っていってしまう。

私はそんな暗黙の了解など無視し、真鴇に気軽に声をかけた。

「あ、淡河さん。楽しんでる？」

「ちっとも」

対する真鴇の答えは、冷淡なものだった。

他の生徒に、わざと聞かせているのではないかと思うほどの声量だった。

真鴇は髪を背に流し、机に並んだ料理の数々を、蔑むように一瞥する。

「私の自宅であれば、こんなものとは比にならないご馳走が頂けますので。ご大層な理想を掲げていらっしゃったので、どんなものかと思いましたが、格の違いを理解できただけでしたね」

ねちねちと嫌みったらしいが、それだけ真鴇の余裕がなくなりつつあることの証左でもある。無用な反発を招きかねない発言は、真鴇にとってもリスクだからだ。

真鴇は両手を軽く振り、挑発的に訊いてきた。

「こんな貧相な晩餐より、私は早く、冬に咲く花とやらが見たいのですが。まさか、注目を浴びたいがための出任せ、なんてことはありませんよね？」

柊子と夏海が、緊張の面持ちで私を見てくる。真鴇に混ぜ返した。

私は敢えて大きなリアクションを取り、真鴇に混ぜ返した。

「全く、淡河さんはせっかちさんだなー。心配しなくたって、時間が来れば、ちゃんと花は咲くよ。私は嘘は言わない」

「戸張さん、自分が何を言っているのか、本当に分かっておいでですか？」

茶化すような私の態度に苛立った様子で、真鴇は高らかに足を鳴らした。

ただならぬ気配に、近くにいた何名かの生徒がこちらを見る。

「私が本当に何も察していないとでも？　手段を選ばなければ、何事もやりようはあるでしょう。ですが、そんなことをして何になるというのです？　限りあるリソースは、全て適切な生産性のために消費されるべきです。冬に咲く花など、実現させたところで、何の意味もないじゃないですか」

柊子と夏海が、固唾を呑んで私のことを見つめている。真鴇の言葉は、露骨に私への敵意を示すものだ。

しかし、対峙する私に恐怖心はなかった。むしろ、真鴇のその言葉は、今の私にはどこか寂しげな響きを伴って聞こえた。

「淡河さん。あなたは、いつからなの？」

私の短い問いかけに、真鴇は訝しげに眉根を寄せる。

「……いきなり、何の話ですか」

私は真鴇の目をまっすぐ覗き込む。

彼女の目の中に、これまで社会人として何度も見てきた、緩やかな絶望の影を見た。

「意味だとか、適切だとか、『そうするべき』だとか。淡河さんと話していると、そんな言葉ばっかりで、淡河さんの『やりたいこと』が全然見えてこないんだよ。淡河さんは、何がしたいの？　何が好きで、何が得意で、将来どんな大人になりたいの？」

「話を逸らさないでください。質問しているのは私ですよ」

顔を顰める真鴇に、私は対照的な笑顔で手を振った。

「それじゃあ、後で教えてくれたら嬉しいな。私達が『冬に咲く花』を実現させる意味は、淡河さんも見ればきっと分かるからさ」

それを答え代わりに、私は他の生徒への挨拶に向かおうとする。

すれ違いざま、真鴇は私にだけ聞こえるような声で囁いてきた。

「見られればの話ですけどね、戸張さん」

パーティーはつつがなく進み、生徒達の雰囲気も良好だった。真鴇がいるせいか、ある程度の偏りとぎこちなさはあるが、一石を投じるのはこれからだ。

チラ、と時計と外を確認する。時刻は午後四時半。陽の短い十二月だから、外はかなり暗くなっている。

私は大きく息を吸い込み、宣言した。

「お待たせしました！　それではついにお待ちかねのメインイベント、『冬に咲く花』のお披露目です！　それでは淑女の皆様、私に付いてどうぞ！」

生徒を先導し、私は昇降口まで誘導した。

やけに薄暗いのは、出入り口のドアのガラス部分に、黒い紙が貼られているからだ。背後の生徒達の期待感が高まっていくのを、肌の感覚で感じる。

私は夏海と一緒にドアノブに手をかけ、物々しく語り続ける。

「皆さん、こう思っていることでしょう。冬に花なんて咲くわけがない、お前は何を言っているんだ、と。でも、どんなことでも、やってやれないことはない。そのことを証明するために、私達がこの学校に一日限りの魔法をかけました！」

生徒達の目に、期待の色が宿るのが、暗がりの中でもはっきりと分かった。

そして、拳を突き上げ、景気よく音頭を取る。

「さあ、私達の魔法がかかるまで、あと僅か！　皆様、一緒にカウントダウンをお願いします！」

十から始まるカウントダウンに、最初はみんな戸惑っているようだった。

夏海が続き、他の何人かが倣い、やがてカウントのコールは、学校中に響くほどの大音量となる。

——四。

その瞬間、私は淡河真鴇の口元が歪んだことに気付いた。

——三、

しかし、既に大きなうねりとなったカウントは、止まらない。

——二！

——一！

——〇！

カウントダウンが終了し、私と夏海は同時にドアを押し開いた。

冴えた外気と薄闇の中に、私と夏海は身を躍らせる。他の生徒も、期待に胸を躍らせた様子で私達の後に続く。

少女達の期待に満ちた表情は……間もなく、怪訝に眉根を寄せたものとなった。

見えるものは、陽が落ちた校庭の、薄墨色の景色だけ。聞こえるものは、耳が疼くほどの静寂のみ。

たっぷり十秒、何も起こらないことを待ってから、淡河真鴇が口火を切った。

「……それで、どこにあるんでしょうか、その花とやらは？」

私と夏海は、何も言わない。生徒達と離れたところで、じっと立ち尽くすばかり。

そんな私に痺れを切らしたように、別の生徒が声を荒らげた。

「花なんて、どこにもないじゃん！　嘘つき！」

「まさか二人とも、あれだけ大見得を切っておきながら、私達を騙してたの？」

真鴇の取り巻きの声だ。恐らくは、この台詞も真鴇と示し合わせていたのだろう。

その一言をきっかけとして、一同は蜂の巣をついたような騒ぎになった。

「えー何それ、すっごいバカにされた気分」

「まぁそりゃ、冬に花なんて咲くわけないし……」

「っていうか、寒い……もう戻っていいかな……？」

「はー、こんなんなら来るんじゃなかったかも」

彼女らの愚痴を聞いた真鴇は、満足げに哄笑した。

「……ふふっ、あははっ！」

そして、私の前に颯爽と立ち、彼女らに語りかける。

「皆さん、分かったでしょう？　これが彼女達のやり方なんです。ありもしない妄言で注目を集めて、人気者気取りで悦に浸る……全く哀れみさえ覚えますよ。持たざる者も度が過ぎると、ここまで低俗になれるものかと」

言うだけ言うと、真鴇はパンと手を打ち、締め括りにかかった。

「さあ、こんな狼少女の茶番劇はもう沢山。戸張さんと霧島さんの言葉には、今後一切耳を貸す価値すら――」

――ひゅるるるるる。

という、空気を裂く音が、真鴇の台詞を遮った。

顔を上げた真鴇は、生徒全員が自分を見ていることに気付いた。否、正確には、自分の頭上を通って後方を。

真鴇は猛然と振り返り、音の出所を凝視する。

真っ暗に冴えた冬空に向かい、一筋の白い光が上り上り――そして。

金色の大輪が、夜空いっぱいに咲き誇った。

どぉん。

という腹に響く大音が、光に遅れて届き、生徒達の硬直が解けた。

「花火っ⁉」

「うそ、こんな真冬なのに⁉」

生徒達が驚く暇もあればこそ、甲高い音が立て続けに響き、次々と花火が打ち上がる。

橙色（だいだいいろ）、桃色、水色、黄緑色……大小様々な煙火の花が、黒い夜空を彩っていく。

目を疑う真鴇に、私はしたり顔で話しかけた。

「どう？　淡河さんも心待ちにしていた、冬に咲く花だよ」

私はイルミネーションのレンタルと同時に、会社のツテを辿り、打ち上げ花火を手配していた。この短期間に加え、季節外れの花火を調達するのは大変だったと思うけど、私は仕事でイベント用の花火を企画した経験から、所轄の消防署に提出する『煙火消費許可申請書』という書類の内容や様式を知っていた。打ち上げ地点の確保や、必要書類の作成といった雑務は私の方で全面的に行ったため、ギリギリのスケジュールでも実現に漕ぎ付けることができた。

イルミネーションは、真鴇の意識を花火から遠ざけるためのブラフだった。直前の土曜日ではなく、敢えて金曜日の夕方から作業を行ったのも、意図的なもの。私は真鴇が、イルミネーションを台無しにすることを予想し、むしろ彼女がそうするよう暗に誘導してすらいた。

間違った確信でも一度抱いてしまうと、人はなかなかその思い込みから抜け出せない。真鴇に「自分が間違っていた」「見下していた人間に裏を掻かれた」と自覚させることが、真鴇の歪んだプライドを揺るがすことに繋がると、私はそう期待した。

どこまで上手く事が運ぶかは未知数だった。しかし少なくとも、真鴇の裏を掻くことには成功したようだ。

「戸張さん、あなた……！」

真鴇が私に食ってかかろうとした、その時。

学校の照明が、校内・校外を問わず、全て落ちた。

完全な闇の中、照らす光は花火と星明かりのみ。突然の出来事に、生徒はパニックに陥りかける。

「こっ、今度は何⁉」

その言葉に応えるように、新しい光が校庭に満ちた。

その正体は——校庭に林立する木が放つ、光の花だった。

私達を取り囲むように、眩いばかりのイルミネーションが輝いている。僅かな光源も消えた今、その光の花は、息を呑むほど美しく見えた。

生徒達が、白い息を盛んに吐きながら歓声を上げる。そんな中、真鴇は愕然と立ち尽くすことしかできずにいた。

「そんな……そんなはずない、だってイルミネーションは……！」

「やっぱり、淡河さんが壊したんだね、イルミネーションを」

譫言のような真鴇の疑問に答えたのは、夏海だった。

咲き誇る光の花々に誰しもが注目する中、自分を顧みた真鴇を、夏海は糾弾の眼差しで睨み返す。

「私と柊子が、昨日学校に忍び込んで、銅線を繋ぎ直したんだよ。淡河さんなら、私達に恥を掻かせるために先手を打ってくるだろうって、そう予想してたね」

真鴇は何か言いたげに口元を戦慄かせるも、夏海から強引に目を背け、眼前の光景を眇め見る。

　夏海と真鴇のやり取りを尻目に、私は驚愕の表情で柊子に尋ねた。

「……びっくりした。あなた達、こんなことしてたの？」

　花火の一件は、イルミネーションの取り付け作業中、二人に話していた。しかし、真鴇が壊しに来る可能性については、敢えて言及していなかった。三人が全力で取り組むことが、真鴇の確信を強固なものにすると、私はそう思っていたから。

　柊子は頰を掻き、照れたように言った。

「うん、夏海との仲直りの証しとしてね。よすがさんにおんぶに抱っこじゃ、格好が付かないから」

　嬉しげな柊子を見て、私は破顔した。

　これは紛れもなく、柊子が自らの意思で行った、柊子自身の実力だ。

「よかった……！　これで本当に何の心配もないね、柊子ちゃん！」

　期待以上の成果に、私は声を弾ませた。

　しかし、柊子の達成感の表情には、どこか気後れした様子が垣間見える。

「はい……でも、私はやっぱり、この入れ替わりは戻るべきじゃないと思うんです」

「……えっ？」

　予想外の言葉だった。この期に及んで、柊子がまだ死にたがるとは思えなかった。

柊子は足元に視線を下ろし、訥々と語り始めた。

「今はもう、積極的に死にたいってわけじゃないんです。だけど、私は結局、よすがさんの力がなければ何もできなかった。よすがさんの仲立ちがなければ、夏海と仲直りすることができなかった。花火は言うまでもないけど、この冬に咲く光の花だって、よすがさんがいなければ、きっと一生辿り着けなかった」

打ち上がる花火を尻目に、柊子はギュッと拳を握る。

「私には、自信がないんです。よすがさんより、上手な人生を生きることに」

恐らく、この『冬に咲く花』は、柊子にとって理想以上の結果だったのだろう。そして、その『理想以上』が、皮肉にも柊子の自信を喪失させてしまったのだ。

そして、同時に理解した。この入れ替わり現象の解消に必要な、最後のピースが。

「……柊子ちゃん、ちょっと」

私は柊子に、屈むようジェスチャーを送った。

耳打ちでもするのかと予想したらしい柊子が、視線を合わせたその瞬間。

「ていっ」

「あだぁっ⁉」

私は柊子の脳天に、チョップをお見舞いした。

本気で振り下ろしたわけではないけど、不意打ちに驚かされた柊子は、両手で頭を押さえて抗議してきた。

「いきなり何するんですかぁ!?」

「ごめん、なんかちょうどいい位置に頭があったから」

「よすがさんが屈ませたからでしょうがぁ！」

涙目で抗議する柊子がおかしくて、私は思わず噴き出してしまった。

見た目は大人だけど、中身はやっぱり、ただの中学生だ。

「あのねぇ、私の人生は、私だけのものなんだよ。私より上手な人生を送ることなんて、柊子ちゃんどころか、他の誰にもできるわけがないでしょ」

もちろん私だって、柊子より上手い人生を送れるとは思わないし、そのつもりもない。

私は真剣な表情になり、柊子の目をじっと覗き込んだ。

「子どもの体を乗っ取って第二の人生（セカンドライフ）を謳歌（おうか）するなんて、悪党のやることだよ。柊子ちゃんは、私を悪党にさせたいの？」

「えっ、いや、私はそんなつもりじゃ……」

私の気迫に気圧されたように、柊子は口ごもった。

私は後ろ手を組み、白い息と共に言葉を紡ぐ。

「柊子ちゃん。私はね、いつも明日死んでも構わないくらい人生を楽しんでるって言ったけど、本当は少しだけ違うんだ。一つだけ、私にも心残りがあったの」

柊子や夏海や真鴇にばかり注目していたせいで、すっかり頭から抜け落ちていた。入れ替わりの当事者である、私自身がやり残したこと。

私はそれを、目の前の大事な人に伝えた。

「私はね。死ぬ前に、誰かに私自身の希望を託したかったんだ」

言葉にするのは初めてで、不思議な気分だった。

自分が無防備になったみたいで、すごくむず痒い。でも、嫌な気分じゃない。

途切れた会話の合間に、一際大きな花火が夜空に咲き誇り、柊子のあどけない表情を照らし出す。

「よすがさんの、希望……？」

「月並みな願いだけどね。結婚も出産も望めない私には、特別なことなんだ」

私は自分の頭を掻き、照れ笑いを浮かべた。真面目な話をするのは、やはり私の性に合わない。

それでも、これは絶対に伝えなきゃならないことだ。

「世の中には嫌なこともたくさんあるよ。でも、私達大人は、あなた達子どもの未来の形だから。暗い顔で愚痴ってばかりじゃ、つられて暗い気持ちになっちゃうし、頼りたいと思えないし、頑張って生きたいとも思えないでしょ？　これから長い人生を生きる子ども達に、生きることが楽しみだと思ってもらえる大人になりたい……それが、私の望みなんだ」

日常的に見聞きする不幸を、多くの人が他人事だと思っている。でも、私は違うと思う。些細な振る舞い一つが、誰かを幻滅させているかもしれない。何気ない優しい言葉一つで、誰かが救われるかもしれない。その小さな積み重なりが、それぞれの人生を形作っていく。

この世界に生きる全ての人々が、関係者であり、当事者だ。

――私は柊子ちゃんのためにこんなに頑張ってるのに、どうして分かってくれないの⁉

私が思い出していたのは、かつて自分が柊子に突き付けた言葉だった。

「実は私も、柊子ちゃんには謝らなきゃならないんだ。『あなたのためにこんなに頑張ってあげているのに』なんて上から目線は、私が嫌いな大人や淡河さんと同じ押し付けだったんだよね……だから、年上の大人としてじゃなく、あなたの対等な友達の赤月よすがとして、私のお願いを聞いてほしいの」

私は柊子の両肩に手を置いて、瞳をまっすぐ見つめ、心の深奥に届けるように言った。

「私はあなたに、私の希望を引き継いでもらいたい。そしていつか、あなたにとって大切な誰かに、それを託してほしいんだ。ちょっと重たいかもしれないけど、たまに思い出してくれるだけでもいいからさ」

それは柊子が、私にとっての大切な人であるという告白であり。

柊子の華やかな未来を心から祈る、私からのエール。

私の願いを聞いた柊子は、しばらく放心状態だった。

一片の白い結晶が、私と柊子の間をゆっくりと舞い降りていく。

純白の雪と光の花が、瞳の中で重なり合った直後、柊子の頬を涙が伝う。

「わっ……私なんかで、本当にいいんでしょうか……?」

手の甲で目尻を拭い、涙声で問う柊子を、私は優しく抱き寄せた。

震える柊子の体は、私よりずっと大きいはずなのに、とても小さく思えてならない。

「ううん、柊子ちゃんがいいんだ。このイルミネーションを見て、私、本当に驚いた。あなたはもう、ただ守られるだけの存在じゃない。私なんかよりずっと立派な、希望の担い手になっているんだ」

泣いたつもりはなかったのに、気付けば目の前の視界がぼやけている。でも、私はその理由を、すぐに理解した。

柊子の体が小さく思えたのは、ただの勘違いじゃなかった。気付けば私は、すっかり見慣れてしまった自分の頭を、高いところから見下ろしていた。

この数週間、鏡で何度も見た戸張柊子（わたし）の顔が、私のことを見上げてくる。

——ああ……そっか。

柊子の瞳が、明るく輝いて見えるのは、きっと『冬に咲く花』だけのせいじゃない。

——終わったんじゃない。これから、ようやく始まるんだね。

私と柊子の入れ替わりが、戻った——そのことを理解した瞬間、ボロボロと涙が零れ出した。中学生の前で泣くのはこれで二度目だけど、その意味は一度目とは正反対だ。

柊子の小さな体を抱き返し、私は囁きかけた。

「不安や心配があるのが普通なんだよ。上手くやれなくて当たり前なんだよ。人生は、誰だって初心者なんだもん」

「ありがとう、ございます……よすがさん……！」

咲き乱れる光の花の下、私は柊子を抱きしめたまま、彼女の背を優しく叩く。

胸元に顔を埋める柊子の涙を、私はとても温かいものに感じていた。


夜を彩る光の花に、淡河真鴇が意識を奪われた時間は、そう長くなかった。

腰に手を当てて花火を見上げ、降り出した雪を煩わしげに手で払う。

「ふん！　こんな金に物を言わせた子ども騙し、何の意味もない」

敢えて大声でそんな悪態を吐くと、大仰な所作で生徒達に同意を求めた。

「ねぇ、皆さんもそう思うでしょう！　こんな雪の中に連れ出されて、勿体（もったい）ぶって見せられたのが、あろうことかこんな下らない見世物なんて——」

真鴇の言葉に耳を貸していた者は、一人としていなかった。

夜空の花火を、地上のイルミネーションを、誰もが食い入るように眺めている。その表情は、いずれも真鴇が期待した呆れや失望からは程遠い。

「すごーい！　雪の中の花火なんて、私、見るの初めて！」

「空気が澄んでるからかな？　夏に見るものより、すごく綺麗に見える！」

「へー、学校のイルミネーションって、駅で見るのとはまた一味違うっすねぇ」

「まるでゲームや映画の世界に迷い込んだみたいだな、いいインスピレーションになりそうだよ」

参加生徒の誰も彼もが、年相応の少女らしく感想を言い合っている。暗がりのせいか、みんな話し相手が誰であるか、深く気にしていないようだ。生徒同士の反目など、影も形もない。

真鴇は、そんな彼女らの有様を、蚊帳の外から見ていることしかできない。

「どういうこと……？　花火なんて、夏になれば毎年のように見てるじゃない……！」

歯軋りした真鴇は、自分の取り巻きが、傍を離れていることに気付いた。

周りを見回すと、彼女らもまた、その双眸（そうぼう）に光のアートを映している。

「ちょっと、あなた達！　何ボケーッと見てるんですか!?」

すかさず真鴇が叱責すると、二人はどことなく潤んだ目で答えた。

「だって……自分でもよく分かんないですけど、すごく感動して……」

「こんな光景、初めて見ました。ここがいつも通ってる学校なんて、嘘みたいです」

「ふざけたこと言わないでよ！　こんなもの、私だったらその気になれば、何倍もすごいものが作れるんだから！」

地団太を踏んで声を荒らげる真鴇の背後から、何者かが声をかけてきた。

「淡河さんの言うことは、正しいですよ。多分、淡河さんの力があれば、もっと綺麗な景色を作り出せると思います」

声の主は、戸張柊子だった。彼女の傍らには、霧島夏海もいる。

柊子は強い意志を宿した瞳で、真鴇と対峙し、口を開いた。

「でも、この景色は、私達が実現したから意味があるんです。この冬に咲く花は、ただ綺麗なだけじゃない。ただお金を費やしただけじゃない。私と夏海のこれまでの絆と、これからの誓いが、込められているんです」

白い息を盛んに吐く柊子は、身震い一つしていない。雪の寒さも、真鴇への恐怖心も、全て跳ね除ける強い意志を宿しているように。

真鴇はひどく顔を顰めながらも、柊子の前から動けずにいた。ここで立ち去ってしまえば、敗北宣言になってしまう。それだけは、真鴇のプライドが許さない。

花火が打ち上がる中でも聞き違えないほどの語気で、柊子は宣言した。

「私は確かに、一度はあなたの悪意に屈しました。でも、もう二度と、夏海との友情を手放さない。あなたがバカにして、台無しにした、この冬に咲く花に誓って」

「……黙っていれば、ペラペラと。調子に乗らないでもらえますか、戸張さん？」

真鴇は忌々しげに髪を後ろに流し、威圧的に凄んだ。

裏を掻かれたのは事実だが、真鴇にはまだ余裕が残っていた。

「こんなもので勝ち誇らないでもらえますか？　下らない。何が冬に咲く花、ただの安っぽいイルミネーションと季節外れの花火じゃない。三流の頓知話もいいところですね」

真鴇の口調は、どこまでも突き放すようなものだ。真鴇には、柊子と夏海を下に見る意思が残っている。

真鴇の言葉に答えたのは、夏海だった。

「そう、これは本物の花じゃない。淡河さんの言う通り、身も蓋もない言い方をすれば、ただの言葉遊び……でも、この冬に咲く花の持つ意味は、淡河さん自身が一番よく分かっているはずだよ」

一歩も引かない様子の夏海に、真鴇は気圧されたように目を眇めた。

夏海の表情は、全くのデタラメを言っているようには見えない。

「何を、言って」

「多分……他の学校なら、これほどみんなが感動することはなかったと思う。でも、淡河さん、言ってたよね。『身の丈に合った付き合いが私達のためになる』って。そのために生徒会長になって、いろんな校則で私達をコントロールしていたんだよね。だけど、これが答えだよ。本当は立場も成績も関係なく、こんな風に楽しく笑い合いたかった生徒が、沢山いたんだよ」

真鴇は唇を嚙み、顔をひどく歪めた。本当は真鴇も薄々勘付いていて、だからこそごまかそうと茶番劇であることを主張した。しかし、手遅れだった。

真鴇が支配した生徒達が、真鴇の意に反し、柊子と夏海に同調する。脅されたわけでも、損得を比べたわけでもなく、真鴇の言動を最大の理由として。

それが意味するところは、紛れもなく『淡河真鴇の失態による敗北』だ。

「淡河さんが自分のエゴで生徒をコントロールしている間に、私達はあなたがバカにした『子ども騙しの冬に咲く花』で、これだけ多くの生徒を感動させた！　これは揺るぎない事実だよ！　この結果を見た誰が、淡河さんのやってきたことを正しいと思うの⁉　あなたのやってきたことのどこに、希望があるって言えるの⁉　答えてよ、淡河さん！」

「喧しい！　それならそれで結構、下等な連中同士で馴れ合ってればいいでしょう！　花火でもイルミネーションでもどうぞご自由に！　あなた達と違って、私には無能な友人もキラキラの景色も必要ありませんので！」

真鴇は肩を怒らせ、校庭から立ち去ろうとした。この場にもはや真鴇の居場所がないことは、火を見るより明らかな事実だった。

真鴇の足を止めたのは、柊子の穏やかな一言だった。

「淡河さん、ありがとうね」

真鴇はもちろん、夏海も、よすがさえも耳を疑った。

真鴇は憑き物が落ちたような目で、柊子を凝視する。

「………………は？」

柊子の表情は、挑発でも何でもない。心から、真鴇に感謝しているとでも言いたげだ。

緩やかに舞い散る雪の中、優しく微笑む柊子に、真鴇は初めて畏れを感じた。

「あなたが生徒会長の権限で、校庭の使用許可を取って、みんなに呼びかけをしてくれなかったら、きっとここまでの大成功にはなりませんでした。こんな風に、学校のみんなで冬に咲く花を見ることができて、すごく嬉しい。淡河さんのおかげです」

「えっ、いや……それは、その……」

まるで想定外の言葉に、真鴇はひどく狼狽させられた。柊子と夏海に恥を掻かせるための措置であったことは、柊子自身もよく分かっているはずなのに。

唖然とする真鴇に、柊子は臆することなく歩み寄る。

「ねえ、淡河さん。友達はいらないって言うけど、前に私に言っていた『対等な友人が欲しい』っていう言葉は、実は本心だったんじゃないですか？」

「な、何をいい加減なことを」

対照的に、真鴇はまるで柊子を恐れているかのように、半歩退いてしまう。

威嚇的に顔を顰める真鴇に、柊子はまっすぐ手を伸ばし、その言葉を口にした。

「私は今からでも、きっと淡河さんと対等な友達になれると思っています」

差し出された手の意味を、真鴇は理解できないと言いたげに立ち尽くしていた。

柊子は待っている。冷たい雪に晒されることを厭わず、無防備な素手をまっすぐに差し出したまま、真鴇の答えを待ち続けている。

やがて、真鴇は自分の右手を持ち上げ、柊子の手に伸ばし——

手の甲で、柊子の手を軽く払ってのけた。

「……世迷い言を。そんなことをして、何のメリットがあるというのです」

そう言い捨て、真鴇は再び柊子に背を向ける。誰もいない、暗く寒々しい道に向かって、たった一人で歩き出す。

寂しそうなその背に向かって、柊子は尚も微笑んで答えた。

「メリットなんかなくたって、なれるよ。友達ってそういうものでしょ？」

「————！」

一瞬だけ足を止めた真鴇の肩が、微かに震えたことに、柊子は気付いていた。

しかし、真鴇はそれ以上何も言うことなく、校庭から立ち去って行った。

二人のやり取りを見ていた私は、柊子の肩に手を置き、彼女の健闘を讃えた。

「ふふ、頑張った、ね」

柊子は頬を紅潮させ、私に深々と頭を下げた。

「よすがさん、ありがとうございます。きっともう、大丈夫です」

「私、もう一度この学校で頑張ってみるよ！ 柊子と一緒なら、今度こそやっていける気がするんだ！」

夏海もまた、柊子の隣で盛んに白い息を吐き、声を弾ませた。

新しい門出としては、これ以上ないくらいの決着だった。柊子と夏海の精神的な成長は、私の期待を大きく上回っていた。

心なしか逞しくなった二人の頬を、私はそっと撫でる。

「強くなったね、二人とも……本当に、私なんかより、立派な……」

気の緩みのせいか、私の足が唐突にもつれる。

踏みとどまろうとしたが、思うように力が入らず、私は受け身も取らず冷たい校庭にぶっ倒れてしまった。

土が凍り付いていたらしく、もろにぶつけた頭と肩が物凄く痛い。すぐに体を起こそうとしたが、頭が朦朧として、言葉さえ思うように発せない。

倒れた私の顔に、雪が容赦なく張り付いてくる。

「よすがさん⁉」

柊子は即座に膝をつき、私の肩をしきりに叩いた。大丈夫、という言葉を発する力さえ、私にはなかった。叩かれる衝撃のまま、私の体は力なく動く。

間もなく、他の生徒も異変に気付いたようだ。夏海は非常事態であることを察し、すぐさま他の生徒に指示を飛ばす。

「救急車呼んで！　あと職員室のＡＥＤ！　柊子、心臓マッサージするから手伝って！」

言いながら、夏海は私を仰向けに寝かせる。

そのまま心臓マッサージを実行しようとしたが、柊子の様子がおかしいことに気付き、その手を止めた。

「柊子？　柊子、しっかりして！」

柊子は校庭にへたり込み、頭を抱えていた。顔面は蒼白（そうはく）になり、焦点の合わない目で、私のことを見つめている。

「私の……私のせいだ、私が薬を飲まなかったせいで……！」

当の私はと言うと、こんな状況にも拘わらず、安堵していた。

やりたいことも、伝えたいことも、全て済ませた。そして、それが一番望ましい結果に繋がってくれた。

これでもう、思い残すことは何もない。

——よかった……ギリギリ、間に合ってくれて……

次第に深まる白銀の世界で、私は満足して破顔し——意識を手放した。

7章　辿り着いた景色

死後の世界って、案外つまらない所なんだなと、私はそう思っていた。

何せ、ずっと真っ暗だ。今が朝なのか夜なのか、ここが地面なのか空中なのか、自分が寝ているか起きているかさえ判然としない。ただ、海流のない深海を永遠に漂っているような、そんな漠然とした浮遊感だけがあった。

ふと、私は暗闇の中で、音が鳴っていることに気付いた。

何かの音を聞くなんて、随分と久し振りのことだった。繰り返されるそれは、声のようにも聞こえる。ようやく何者かが、私を天国に連れていく気になったのかもしれない。地獄だったらお生憎(あいにく)だが、少なくともここより退屈することもないだろう。

声の方に、進んでみる。走るように、泳ぐように。

進み続けるうち、細く微かな、一筋の光が差し込んだ。恐らくはあれが出口だろう。呼びかける声も、どうやらその光の向こうが出所らしい。

気付けば、私は固い地面を蹴って走っていた。久々に自分の体を動かしている感覚を得て、光の方へと軽やかに駆け出していく。

手を伸ばして光に触れた瞬間、私の世界は真っ白に塗り替えられ――

「よすがさん！」

私は、そこで覚醒した。

そこは、天国でも地獄でもなかった。見上げる天井は純白で、微かな消毒液の匂いが漂ってくる。私が横たわっているのは、これまた真っ白なベッドの上だ。

そこは、見慣れた病室だった。

死んだ人間に病院は必要ない。つまり、悪運の強いことに、私はまだ現世に留まれているのだ。

――しぶといな、私も。

苦笑する私が少し頭を横向けると、そこには懐かしい二つの顔があった。

「やった、よすがさんが目を覚ました！」

「あっ、まだ起きちゃダメだよ！」

二人の声は、暗闇の中で私が聞いたものと同じだった。

戸張柊子と、霧島夏海。私の記憶にあるものより、少し顔付きが大人びている。着用する制服も、私が何度も見たものとは異なっている。

「……柊子ちゃん。それに、夏海ちゃんも」

相当長く眠っていたのか、口が上手く回らない。

ズキズキする頭に鞭打ち、私は二人に尋ねた。

「今、いつ？　どうして二人がここに……」

「ようすがさん、三年間も寝たきりだったんですよ！　もう目を覚まさないのかって、すごく不安で……！」

「私、看護師さん呼んでくる！　あと先生も！」

バタバタと慌ただしく出ていく夏海を見送りながら、私は感慨深く呟いた。

「そっか……もう、高校生になったんだね……ちゃんと、仲良くやれてるんだね……」

私の胸が熱くなり、一粒の涙が零れた。

失われた三年を惜しむ気は、微塵もなかった。未来の世界で、二人を一目見ることができたことが、私にとっては何より幸せだった。

二人がここにいる理由は分からないけど……仮にこれが夢だとしても、最後にこんな幸せな夢を見せてくれた神様に、私は深く感謝していた。

死への恐れはない。私の希望は、柊子と夏海が確かに受け継いでくれている。

そのことさえ分かれば、私にはもう何もいらなかった。

「よかった、本当に……大好きな二人の、元気な姿を、こうして見ることができて……これで、もう思い残すことなんて何も……」

私の手を握る柊子に、最後の力を振り絞って語り終えた私は。

誘われる睡魔に身を委ね、永い眠りに就こうと瞼を閉じ——

「ダメ————————！！！」

「ぐぇっ」

理外の衝撃を受け、私の睡魔はどこかに吹っ飛んでしまった。

見れば、柊子が必死の面持ちで、私のことを揺さぶっている。

「ダメです、よすがさん！　しっかりして！　気を確かに！」

「ぐぇぇぇぇっ」

「柊子、ちょっと落ち着いて！　よすがさん本当に死んじゃうから！」

看護師を連れて戻ってきた夏海が、慌てて柊子を引き離し、私に言いつけた。

「まだ死んじゃダメだよ、よすがさん！　私達には、よすがさんに見せなきゃいけないものがあるから！」

「え、えぇ……？　死んじゃダメなんて言われてもなぁ……」

気合いで現世に引き留められた人間は、果たして他に何人存在するのだろう。

そんな益体もないことを考えながら、すっかり困惑していた私は。

「見てください、よすがさん！」

「私達、辿り着いたんです！　本物の『冬に咲く花』に！」

柊子と夏海が引き払ったカーテンの向こうを見せられ、明るい白とピンクの光景に一瞬目が眩んだ。瞬きを何度も繰り返すことで、次第に細部が明瞭になっていく。

その正体を認めた私は、言葉を失った。

そこにあったものは、二人が言った通りの――粉雪舞う中で咲く、満開のソメイヨシノだった。

病室の高さのせいで、まるで桜の雲の中にいるかのようだ。雪と桜が織り成す絶妙なコントラストは、この世のものとは思えないほど美しい。

花火でも、電飾でもない。紛れもない『冬に咲く花』が、そこに存在している。

私の喉から、声にならない声が零れる。

「…………え…………えっ…………？」

それはさながら、かつて私が描いた絵が、そのまま窓に張り付けられているかのようだった。しかし、その精緻さと迫力は、あの絵とはまるで比にならない。

天国というものが本当に存在するのなら、こういう所なのかもしれないと――そう思ってしまうほどの絶景だった。

「嘘……どうして……だって、前はこんなもの……CG？　夢？　作り物？　ドッキリ？　っていうか、もしかして私、もう死んで……？」

混乱のあまり、今にも気を失ってしまいそうな私に、柊子と夏海は揃って言った。

「どれでもないですよ！　これは正真正銘の、冬に咲いた花なんです！」

「よすがさんにこの景色を見せたくて、二人で頑張ったんです！」

＊　＊　＊　＊　＊

中学校で倒れた赤月よすがは、病院に救急搬送され、幸いにして一命を取り留めた。

しかし、柊子と夏海が喜んだのも束の間。昏睡状態に陥ったよすがが、もう二度と目を覚まさないかもしれないということを、二人はよすがの家族から聞かされた。

二人は悲嘆にくれた。いずれ来る別れだと分かっていても、押し寄せる現実を受け止めるのは、容易じゃない。特に、薬の服用を避けていた柊子が感じる責任は、ひとしおだった。

先に立ち直ったのは、夏海の方だった。

「柊子。私、このままじゃダメだと思うの」

放課後の教室で、夏海は柊子の肩を摑んで言った。

夏海の目には、拭い切れない悲しみと、それ以上の意志が宿っている。

「よすがさんは、私達がこんな風に悲しむために、命を懸けて頑張ってくれたわけじゃない。頑張ろうよ。目を覚ましたよすがさんに、笑って胸を張れるように」

大切な友人の飾らない言葉に、柊子の心が動いた。

胸に手を当て、よすがの笑顔を思い出す。

「……そうだよね。私のやったことは、もう取り返しが付かないけど……だからって、こんな格好悪い姿、よすがさんに見せられないよね」

柊子は夏海の目を見つめ返し、覚悟を決めた口調で言った。

「ねぇ、夏海。私、やりたいことがあるんだ。バカバカしいことだって思うかもしれないけど、それでも夏海に付き合ってほしい」

「言ってみてよ。多分、私も柊子と同じこと考えてると思う」

打てば響く答えで、夏海は静かに笑った。

つられて柊子も頬を緩め、その提案を告げる。

「もう一度、咲かせたいと思うんだ。冬に咲く花を」

冬休みが明けたタイミングで、二人はとある大学に赴き、植物生命学科を擁する理学部を訪れていた。

専門で研究している機関であれば、何かヒントや協力が得られるかもしれない。柊子は、植物の研究を専門とするゼミにアポイントを取ると、学生と教授に事情の説明を行い、協力を依頼した。

最年長者らしい〝小川(おがわ)〟という女子学生は、柊子の説明を受け、何度も頷く。

「……事の次第は分かったよ。確かに私達のゼミの研究分野なら、力になれることがあるかもしれない」

しかし、顔を上げた彼女の目に、興味を示す意思はなかった。

「だけど、悪いけど君達の望みには応えられない。協力するメリットがないからね」

覚悟していたとはいえ、はっきり断じられると、精神的に厳しいものがある。

同席していた他のゼミ生が、不服そうに唇を尖らせる。

「えー、別にいいじゃないですか。ケッチぃなー、先輩」

「ここまで殴り込みにきた覚悟、かなり見上げたものだよ。ちょっとくらい手伝ってあげてもいいんじゃない？　ねぇ教授？」

「この大学は学生自主が原則です。彼女達に協力するかどうかは、学生であるあなた達が決めるんですよ」

壁際でパイプ椅子に腰かける教授の答えは、どこまでも中立的だ。助け舟は入らないと考えた方がいいだろう。

小川は人差し指で机をトントンと叩き、年季の入った目付きで二人をじろりと見た。

「私達は高い学費を払ってここに在籍している。そして、政府からも大学に、たくさんの補助金を出してもらっている。だから少しの時間も無駄にしないように、いつも研究に励んでいるんだ。自分自身が成長するために、そして母校の名誉を傷付けないためにね。横入りしてきた君達の自由研究に、構ってられる暇なんてないんだよ」

　ぐうの音も出ない正論に、二人は口を噤むことしかできない。

　中学生が萎（しお）れる姿に、僅かばかりの憐（あわ）れみを抱いたか、小川は片手を振って元気づけるように続けた。

「とはいえ、ここまで来た度胸は確かに大したものだよ。いくつか当たれば、一つくらいは協力してくれる大学もあるだろう。まあ、あまり気負わず頑張って——」

「メリットがあれば、協力して頂けるんですね？」

　彼女の台詞を遮ったのは、柊子だった。

　十歳はあろう年の差に、今さら怯む道理などなかった。

　柊子は立ち上がり、朗々と語り始めた。

「冬に咲く花は、ただ珍しくて綺麗なだけじゃないんです。厳しい環境でも花を咲かせ、実を付ける植物の存在は、地球温暖化や砂漠化、食糧問題の解決にも繋がります。一部の強い外来種に頼らないことは、生態系維持の両立にもなります。資源が乏しかったり、天候が不安定だったりする地域でも、安定した産業として成り立たせ、雇用を創出することだってできるかもしれません」

　柊子の発言により、一部のゼミ生が何やら感心したような表情を浮かべる。

「おっ、なかなかやるじゃん！」

「やるじゃん、じゃないでしょうが。具体的にどうするかが今の問題なんだよ」

「花を咲かせるのが目的なら、要するに春と錯覚させればいいわけですよね。何らかの手段で充分な光と温度を与えればいいんじゃないですか？　身も蓋も無い話をするなら、四季桜とか子福桜の群生地に行くのが一番手っ取り早いですけど」

「でも、咲かせたい花はその人が入院している病院の桜で、しかも満開なんだよね。電気代もかかるし、そんな大がかりな装置が持ち込めるかな？　確実性とさっきのメリットの話も踏まえると、ホルモンコントロールからのアプローチも検討した方がいいかも」

「いやいや、相当無理あるでしょ。植木鉢ならまだしも、桜の木を丸ごとフロリゲン漬けにでもするつもり？」

「花幹細胞の増殖と抑制に関する論文、最近読んだな。執筆者は誰だっけ……」

柊子達を差し置き、ゼミ生らは活発な議論を交わし始める。つまり、柊子の思惑は、全くの的外れではないということだ。

小川は溜息を吐き、緩やかに首を振る。

「……取って付けたような理由だね。その様子だと、自家不和合性だとか資源収支なんて初歩的な用語も満足に知らないんだろう？　パッと思い付くだけでも、技術的にも倫理的にも、超えなきゃならない問題が多すぎる」

乗り気でこそないが、全否定もしない。『超えなきゃならない』ということは、『超えられない』わけではないということだ。

そして、柊子にはそれだけ分かれば充分だった。

「そうかもしれません。でも、私達が提供できるメリットとしては、申し分ないものだと思います。実用が無理でも、基礎理論だけでも確立させることができれば、皆さんにとっても大学にとっても、きっと大きな価値のあるものになります」

今度は、誰も何も言わなかった。中学生の柊子の言葉に、全員が耳を傾けている。

柊子は居住まいを正し、深々と一礼した。

「私達は本気なんです。お金も名誉もいらない。ただ、私達にとって一番大事な人に、何が何でも冬に咲く満開の花を見せてあげたい。そのためなら、どんなことだってやってみせる覚悟でいます」

夏海もまた立ち上がり、柊子に倣って頭を下げる。

「お願いします。なにとぞ、私達にご協力を」

小川は顎を指でなぞり、試すように尋ねた。

「あんな風に私に突っぱねられて、それでもここで挑戦したいのかい？　教授や他のゼミ生が、もっと厳しいことを言うかもしれないよ？」

「はい。この大学は、植物学の分野でいくつも実績を出していますから。それに……」

柊子は言葉を切り、記憶を遡る。

この肉体に刻まれたようすがの記憶が、柊子に勇気を与えてくれているように思えた。

「楽そうな方に流れるだけで、結局何もできない自分は、もう嫌なんです。私はそのせいで、取り返しの付かないことをしてしまいました。今あるものが、いつまでも残るものだとは限らない。だから、自分がやりたいと思うことは、いつかの未来じゃなくて、今やらなきゃならないんです」

この体に入ったようすがにできたことが、柊子にできない道理はない。

これが今、柊子がやりたいと願う、『最善の選択』だ。

「皆さんの研究に懸ける強い想いに、感銘を受けました。どうか、お願いします」

夏海と共に、再び深々と頭を下げると、長い静寂がゼミ室に漂った。

やがて、正面に座る小川が、自嘲気味に呟く。

「……やれやれ、これで君達を追い出したら、私の方がバカにされてしまうよ」

柊子と夏海は、パッと上げた顔を見合わせる。

柊子の熱意に折れた様子で、小川は言った。

「分かったよ、ゼミへの出入りを認めよう。君達に対しての協力も、可能な範囲で惜しまない。関連する外部ゼミや教授にも、事情は伝えておくよ。興味を持ってくれる人がいるかもしれない」

そこで言葉を切り、小川は悪戯っぽく含み笑いした。

「ただし、楽な道じゃないよ。何せ、誰かが正解を知ってるわけじゃないんだから。学問の世界は、中学生だからって優しくしてくれない。いいね？」

訊かれるまでもなく、二人の答えは決まり切っていた。

「はい！」

「望むところです！」

＊　＊　＊　＊　＊

「理論がようやく確立できて、初めて適用されたのが、この病院の桜だったんです！　許可とかデータ提出とかいろいろ大変だったんですけど、第一号はどうしてもよすがさんに特等席で見せたくて！」

「ちょうど今日が満開になる日で、しかも雪の予報だったから、もしかしたら何か起こるかもって！　このタイミングでよすがさんが目覚めたの、絶対にただの偶然じゃないと思うんです！」

柊子と夏海の一語一語が、よすがの胸に深く刻まれていく。

「あ……ああ……」

無垢な中学生が、この三年間、一体どれほどの艱難辛苦を乗り越えたことか。

学校生活や受験も控える中、一体どれほどの焦燥と重圧を味わってきたことか。

この天国のような光景を、一般人にすぎない私に見せる、たったそれだけのために。

「すごい……すごい、綺麗だよ……本物の、冬に咲く花……本当に、見られる日が来るなんて……」

想像を絶する美しさの裏にある、想像を超えた努力を想い。

私は、大声を上げて泣いた。

精神まで幼い子どもに戻ってしまったような、恥も外聞もない号泣だった。病室のドアの向こうから、医師や看護師や他の患者が、何事かとこちらの様子を窺っている。

我知らず、死を待つばかりと思っていた私の体が、動いていた。

三年間の努力を労うため、私は力を振り絞り、二人を抱き寄せた。

「最高のプレゼントだよ！　いっぱい頑張ったね、二人とも！」

「よすがさん……」

夏海は感極まったように呟き、少しだけ耐えようとしたが、すぐに泣きじゃくってしまった。

柊子もまた、私の肩を涙で濡らし、贖罪の言葉を向けてくる。

「本当に、ごめんなさい……よすがさんは、私にたくさんのものをくれたのに、私のせいでこんなひどい目に……」

私は二人の温もりを天国にも持っていけるよう、彼女らを抱く力を少しだけ強めた。

そして、二人を解放し、私はきっぱりと首を横に振る。

「ううん、これでいいんだ。ただちょっと健康でいられることより、この花を見られたことの方が、私にとってずっと価値のあるものだから」

私の絵で喜んでくれた女の子がいなければ、『冬に咲く花』の絵は生まれなかった。

私があの絵を描かなければ、柊子と夏海は友達になれなかったかもしれず、私と二人の繋がりも存在しなかった。

柊子の自殺願望に気付かなければ、真鴇へのアプローチは違うものになっていた。

冬の花火も、校庭のイルミネーションも、全部存在しなかった。それだって、私があの会社に入り、同僚や上司と良好な関係を築けたから実現できたことだ。

そして……こうして本物の『冬に咲く花』を見ることだって、絶対に叶わなかった。

全部が繋がっていた。無駄なことなんて、一つだって存在しなかった。

敵も味方も関係なく、私を取り巻く世界の全てが、愛おしく感じられた。残り短い人生で、心からこう思えることは、きっと幸せなことだ。

「柊子ちゃん、夏海ちゃん、ありがとう。二人と出会って、一番救われたのは、私だった。私の方こそ、あなた達には心から感謝してる」

私は泣き顔を綻ばせ、最大級の喜びの感情を口にした。

「私、生まれてきて、本当によかった！」

目覚めた私は、病状が改善されているわけではなかった。

代謝機能はもう最低限の機能すらままならない状態で、脳の組織にまで悪影響を及ぼし始めていた。本来であれば寝たきりでなければおかしいレベルとのことだったが、私は車椅子とはいえ割とケロッとしていたし、担当医もしきりに首を傾げていた。機能不全に陥った器官の代わりに、別の器官が機能を補完している可能性が云々と言われたけど、詳しいことは私には分からずじまいだ。

病室の外には出られないけど、お見舞いに来た人とのお喋りや、寝たまま絵を描くらいのことはできた。いつ死んでもいいように、私は家族を含めていろんな人と連絡を取り、できる限りの言葉を尽くした。

柊子や夏海は、私がこのまま奇跡的な回復に向かうことを、少なからず期待していたんじゃないかと思う。精神の入れ替わりなんて超常現象を体験した今、何が起こったって不思議じゃない。

でも、私はこれが最後の時間であることを、何となく分かっていた。そして、そうなるべきだとも思っていた。

奇跡は一度で充分だ。私はもう、充分すぎるほど満たされている。二度目の奇跡は、他の恵まれない誰かにもたらされるべきだ。

だから私は、限られた時間を使って一枚の絵を描き上げた。色を付ける余力がなかったから、鉛筆で描いただけのラフ画だけど、私にとってはそれでよかった。

私はそのラフ画を、霧島夏海に託すと決めていた。

「私の描いた『冬に咲く花』は、もうなくなっちゃったけど……夏海ちゃんに、この絵をいつか完成させてほしいんだ。本物を見た夏海ちゃんなら、あれ以上の絵を描き上げることができるはずだから」

柊子と夏海が力を合わせて作り上げる『冬に咲く花』は、素晴らしいものになるに違いない。生きて見ることができないのは少し残念だけど、私が死んだ後でもそれが残ると思うと、不思議なほど穏やかな気持ちになれた。

私の生きた証しが、思い出のみならず物としても残る。これ以上に素晴らしいことが、人生においてあるだろうか。

ラフ画を受け取った夏海は、柊子と一緒に強く誓った。

「ありがとうございます……！　何年かけてでも、必ず完成させますから！」

「今度こそ、二人の一生の宝物にします！　絶対に約束します！」

柊子も夏海も、言葉にならないほどの号泣ぶりだった。女の子を泣かせてばかりで、何だか申し訳ない気分になってしまう。

ただ、私がこれほど他人から想ってもらえる存在になれたことは、素直に嬉しかった。

心優しい柊子と夏海が、いつか私以上の幸せを掴むことを、私は切に祈った。

目覚めてから一週間後。冬に咲いた桜が、全て散り終えた頃。

私、赤月よすがは——大勢の人に看取られながら、静かに息を引き取った。

エピローグ　雪華に想う

赤月よすがの死から、五年が経過した、十二月のある日。

大学三年生になった戸張柊子と霧島夏海は、供花を手に、とある墓地へと赴いていた。

空を覆う雲は濃い灰色で、凍て付くような寒さだ。自宅のこたつに引きこもっていたいのは山々だが、今日の外出は事前に取り決めていたことだった。

毎年冬に、よすがの墓参りをするのが、二人の慣例となっていた。

白い息を盛んに吐きながら、夏海は少しでも寒さをごまかそうと口を動かす。

「今日、かなり寒いね。水溜まりも凍ってたし」

「うん、夜に雪が降るって予報だったよ。明日には積もるかも……ん？」

マフラーに首を埋める柊子は、閑散とした冬の墓地に人影を認め、声を上げた。

仕立てのいい黒いロングコートを着た女性だった。ポケットに手を突っ込み、赤月よすがの墓石を、じっと見据えている。彼女の装いは、どこか喪服めいて見えた。

彼女の横顔に見覚えがあった柊子は、静かに歩み寄り、おずおずと声をかけた。

「……淡河さん？」

呼びかけられた淡河真鴇は、近付く足音にも気付いていなかったようだ。驚いたように柊子と夏海を見ると、忌々しげな表情で舌打ちを一つ。

「……チッ」

真鴇の身長は、中学時代よりも大きく伸び、美貌と髪の艶にも一層の磨きがかかっていた。しかし、その苛烈なまでの意志を宿した眼差しは、昔から変わっていない。

しかし、柊子も夏海も、彼女の佇まいを恐れてはいなかった。

「何してるんですか、こんな所で？」

柊子が無邪気に問うと、真鴇は鼻を鳴らし、よすがの墓石を顎でしゃくった。

「親族のお墓参りですよ。たまたま偶然、あの赤月さんの名前があったから、ちょっと立ち寄ってやっただけです」

相も変わらず高圧的な真鴇に、柊子は無頓着に言った。

「十二月にお墓参りなんて、珍しいですね」

「喧しい！　私がいつどこで何をしようが、私の勝手でしょう！」

真鴇は、赤月よすがの存在を知っている。柊子との入れ替わりの真実も。

真鴇と友人になれると宣言した手前、柊子としては、真鴇に全ての事実を話さない理由はなかった。夏海もまた、よすがと真鴇が切っても切れない関係であることを理解してくれたため、真実を話すことを了解してくれた――『淡河さんは信じないと思うけど』という注釈付きではあったが。

真鴇を病院に連れて行き、入れ替わりの事実を告白した時の真鴇は、終始無表情で、まるで聞く耳を持っていないように振る舞っていた。それでも、こうしてよすがの墓参りに来たということは、柊子の話を信じてくれたということだろう。

真鴇の真意がどうであれ、柊子はその事実が嬉しかった。

「ありがとうね、淡河さん」

唐突な柊子の感謝の言葉に、真鴇は当惑したように眉を顰めた。

夏海すらも頭上に疑問符を浮かべる中、柊子は屈託のない笑顔で続ける。

「中三の時、私達が協力してもらってたゼミに、匿名でいっぱい寄付してくれたこと。中学卒業前にそのことを話した時、淡河さんは認めないまま高校で別れちゃったけど、やっぱりあなた以外には考えられない。あの資金がなければ、私達の『冬に咲く花』は、よすがさんが死ぬ前に実現できなかったかもしれません。本当に、感謝しています」

真鴇は中学卒業後、公立の進学校に入学していた。詳細については不明だが、あの『冬に咲く花』が発端であることだけは疑う余地もない。公私の差額分の学費を寄付に充てるよう親にかけ合った……というのは、完全に柊子の想像に過ぎないけれど。

真鴇は肩を竦め、しれっと嘯いた。

「……何のことだか。どこかの金持ちが、節税のために気まぐれでやっただけのことでしょう。これだから凡人は、惨めったらしくて嫌いなんです」

口調こそ露悪的だったけど、彼女の言葉に悪意は感じなかった。真鴇が変わったせいか、柊子と夏海が変わったせいか——恐らくは両方だろう。

今度は、夏海が真鴇に尋ねる番だった。

「淡河さん、医学部に進学したんだってね。お父さんの会社には入らないの？」

質問を受け、真鴇はじろりと夏海を一瞥する。

「それは何？　私が親の七光りの庇護(ひご)下でないと、何もできない俗物だとでも？」

「いや、そんなこと言ってないけどさ……」

変わったからと言って、真鴇に二人と馴れ馴れしくする意思はないようだ。

真鴇は腕組みし、暗い曇天をツンと見上げた。

「淡河家は医学界へのコネを持っていません。つまり、私が医学界で大成すれば、それは疑いようもない私の実力を示すということになります。それに……人の命を握るというのは、ある意味で究極の支配です。親族が経済産業界を牛耳り、私が医学界を担うようになれば、まさに完全無欠の支配体制ではないですか？」

「それって結局、親の七光りなんじゃ……」

「利用できるものは何でも利用する主義ですゆえ」

真鴇は邪悪な笑みを湛えながら、悪びれることなく言ってのけた。

　腕組みを解き、真鴇は二人に背を向ける。

「赤月さんの死因である代謝疾患は、直に治療法が確立されます。私の所属する研究室も関与する、最先端の再生医療でね。今日は私を散々コケにしてくれた赤月さんが、無駄死にだったと鼻で笑いに来たんですよ」

　真鴇の言葉は嘲笑混じりだったが、柊子も夏海も、些かの怒りも感じていなかった。

　片手を振って立ち去ろうとした真鴇に、柊子は声を弾ませる。

「なんだ、やっぱりよすがさんのお墓参りに来てくれたんですね」

「あっ」

「……なんていうか、淡河さんって、意外と抜けてるよね」

　夏海が多少呆れた口調で指摘すると、真鴇は顔を真っ赤にして振り返り、人差し指をビシリと突き付けてきた。

「誰が間抜けですか！　いいこと？　私があなた達の担当医になったら、たんまり治療費を巻き上げてやるから覚悟なさい！」

　言うが早いか、真鴇は肩を怒らせて墓地を後にした。その途中、真鴇が墓石の角に躓いたのを、二人はしかと目の当たりにしていた。

　真鴇の姿が見えなくなり、二人はどちらからともなく含み笑いした。

「……ふふ。治療拒否するとは、言わなかったね」

「うん。淡河さんも、よすがさんに変えられた人の一人だから」

よすがの墓前には、黄色のパンジーが一輪、無造作に横たえられていた。耐寒性の高い、冬期にも咲く花の一つだ。

誰が供えたかなど、考えるまでもないことだった。

柊子と夏海は一緒に水撒きや線香の交換を行い、持参した供花を花瓶に挿す。柊子はビオラ、夏海はゼラニウムだ。

色はいずれもピンク色。宿す意味は、〝希望〟と〝決意〟。

「ねぇ、よすがさん」

墓前で屈み、目を閉じて合掌した柊子は、静かに語りかけた。

「よすがさんに見せた『冬に咲く花』、実は未完成だったんだ。花成制御への免疫反応に致命的な欠陥があって、次の年は冬に咲かなくなっちゃって、同じようにやってもなかなか上手くいかなくて……それでもあんなに綺麗に咲いたのは、多分よすがさんと私達の想いが生んだ奇跡だと思う。へへ、偉い人は、絶対に認めたがらないだろうけど」

柊子は『冬に咲く花』の研究協力を仰いでいた大学に、夏海は国立の美術大学に通っている。歩む道こそ分かれたものの、二人は相変わらず親友のままだ。

柊子の報告は、続く。

「あれからも改良を続けて、最近ようやく研究が正式に認められて、学会でもすごい注目を集めているんだ。農水省の認可も下りて、もうすぐ本格的に運用が始まる予定。研究成果を応用すれば、痩せた土地を蘇らせることもできるかもしれないって……ゼミに潜り込むための出任せが実現して、本当にびっくりだよ。でも、よすがさんの希望が、これからたくさんの命を救うかもしれないって考えると、すごく誇らしく思うんだ」

はっきりと言葉にしたことで、自分の大事な気持ちを再認識でき、柊子は目を閉じたまま微笑んでいた。

今度は、夏海が口を開く番だった。

「ごめんね。よすがさんにもらったあのラフ、なかなか完成させられなかったんだ。私より絵が上手い人って、世の中に山ほどいるからさ。よすがさんは、上手さなんて気にしないって言ってくれるかもしれないけど……私にとっては、命と柊子の次に大事なものだから。せっかく描き上げるなら、誰にも負けない、最高の完成度にしたかったんだ」

夏海は照れ笑いを浮かべた。負けん気の強い性格は、この歳になっても変わらない。

夏海は咳払いし、話に戻る。

「それで今年、学内コンペで最優秀賞が獲れたんだ。画家協会とスポンサーさんから声をかけてもらって、個展も開けるようになったの。だから、たくさんの人に最高の絵を見せなきゃって思ってさ。やっと、あの絵に手を付ける自信と覚悟ができたんだ」

目を開けた夏海はスマートフォンを取り出し、一枚の画像を墓石に向けた。

「見て。自分でもびっくりするくらい、自然に筆が動いてくれたんだよ」

それは、雪降る桜並木の下で手を繋いで歩く、二人の少女の絵だった。

困難の中で芽生えた希望を、大切な誰かと共有する。

この絵こそ、よすがが本当に目指していた景色であると、夏海は直感していた。

柊子もまた、画面に表示された絵を見て、満足そうに微笑む。

「本当にいい絵だよ。一生……ううん、私達が死んだ後も、ずっと大事にしてもらいたいって思えるくらい」

「うん。何億円積まれたって、誰にも売ってあげるもんか」

柊子と夏海は顔を見合わせ、楽しげに笑った。

スマートフォンの画面の上に、はらりと白い欠片が舞い落ちる。

見上げてみれば、いつの間にか降り出していた本物の雪が、空を白く染め上げていた。

柊子はスカートの裾を払い、立ち上がった。夏海もまた、柊子に倣って腰を上げる。

別れ際、柊子は手を伸ばし、冷たい墓石にそっと触れて告げた。

「安心してね、よすがさん。あなたがくれた希望は、私達の中で生き続けているから」

冴え冴えとした一陣の北風が、墓地を吹き抜けていく。
氷点下で舞い散る雪華が、今は不思議と温かい。

＜初出＞

本書は書き下ろしです。

◇◇メディアワークス文庫

冬に咲く花のように生きたあなた

こがらし輪音

2020年1月25日　初版発行

発行者　郡司 聡
発行　株式会社KADOKAWA
〒102-8177　東京都千代田区富士見2-13-3
0570-06-4008（ナビダイヤル）
装丁者　渡辺宏一（有限会社ニイナナニイゴオ）
印刷　株式会社暁印刷
製本　株式会社ビルディング・ブックセンター

●お問い合わせ（アスキー・メディアワークス ブランド）
https://www.kadokawa.co.jp/（「お問い合わせ」へお進みください）
※内容によっては、お答えできない場合があります。
※サポートは日本国内のみとさせていただきます。
※Japanese text only

※定価はカバーに表示してあります。

Printed in Japan
ISBN978-4-04-912964-9 C0193

メディアワークス文庫　https://mwbunko.com/

本書に対するご意見、ご感想をお寄せください。

あて先
〒102-8177　東京都千代田区富士見2-13-3
メディアワークス文庫編集部
「こがらし輪音先生」係

◇◇◇